J. E. PACHECO: EL PRINCIPIO DEL PLACER

JOAQUÍN MORTIZ • MÉXICO

serie del volador

José Emilio Pacheco

El principio del placer

Este libro fue íntegramente escrito con el generoso patrocinio de la John Simon Guggenheim Memorial Foundation.

Primera edición, octubre de 1972
Decimosegunda reimpresión de la
primera edición, enero de 1991
D.R. © 1972, Editorial Joaquín Mortiz, S.A.
Grupo Editorial Planeta
Insurgentes Sur 1162, Col. del Valle
Deleg. Benito Juárez, C.P. 03100

ISBN 968-27-0063-9

A JUAN RULFO,
MÍNIMO HOMENAJE

En todo terreno ser
sólo permanece y dura
  el mudar;
lo que hoy es dicha y placer
mañana será amargura
  y pesar.

ABUL BEKA, DE RONDA, *Elegía a la pérdida de Córdoba, Sevilla y Valencia*
Traducción de Juan Valera

EL PRINCIPIO DEL PLACER

A Arturo Ripstein

No lo van a creer, dirán que soy un tonto, pero de chico mis ilusiones eran volar, hacerme invisible y ver películas en mi casa. Me decían: espérate a que venga la televisión, es como un cinito en tu cuarto. Ahora ya estoy grande y me río de todo eso. Claro, ya hay televisión y sé que nadie puede volar a menos que se suba a un aeroplano y todavía no se descubre la fórmula para hacerse invisible.

Me acuerdo de la primera vez. Pusieron un televisor en "Regalos Nieto" y en la esquina de Juárez y Letrán había tumultos para ver las figuritas. Pasaban nada más documentales: perros de caza, esquiadores, playas de Hawai, osos polares, aviones supersónicos.

Pero ¿a quién me estoy dirigiendo? Se supone que nadie va a leer este diario. Me lo regalaron para Navidad y no había querido escribir nada en él: tener un diario me parece un asunto de mujeres, hasta me he burlado de mi hermana porque lleva uno y apunta muchas cursilerías: "Querido diario, hoy fue un día tristísimo, estuve esperando en vano que me llamara Gabriel";

cosas así. De esto a los sobrecitos perfumados sólo hay un paso, y qué risa les daría a los de la escuela enterarse de que yo también voy a andar con estas mariconadas.

El profesor Castañeda nos recomendó escribir un diario; por eso acepté que me obsequiaran esta libreta verde que cuando menos no chupa la tinta como las del colegio. Según Castañeda, un diario enseña a pensar claramente porque redactando ordenamos las cosas y con el tiempo se vuelve muy interesante ver cómo era uno, qué hacía, qué opinaba, cuánto ha cambiado.

Por cierto, me puso diez en mi composición sobre el árbol e hizo que publicaran en el periódico de la secundaria unos versos que escribí para el día de la madre. En composiciones y dictados nadie me gana; cometo errores pero tengo mejor ortografía y puntuación que los demás. También soy bueno para historia, civismo e inglés y, en cambio, una bestia en física, matemáticas y dibujo. Creo que en mi salón no hay otro que se haya leído completo —bueno, casi completo— *El tesoro de la juventud,* así como todo Salgari y muchas novelas de Dumas y Julio Verne. Leería más pero Aceves nos dijo que no hay que hacerlo mucho porque gasta la vista y debilita la voluntad (?) Quién entiende a los profesores, uno dice una cosa y otro exactamente lo contrario.

Es divertido ver cómo se juntan las letras y salen cosas que no pensábamos decir. Ahora sí me propongo contar lo que me pase. Me daría mucha pena que alguien viera este cuaderno. Voy a guardarlo entre los libros de mi papá. Nadie se dará cuenta (espero).

*

Dejé de escribir varios meses aquí. De ahora en adelante trataré de hacerlo todos los días o cuando menos una vez por semana. El silencio se debió a que nos cambiamos a Veracruz, en donde mi papá es ahora jefe de la zona militar. Todavía no me acostumbro al calor, duermo mal y de verdad se me ha hecho muy pesada la escuela. No tengo amigos entre mis compañeros y los de México no me han escrito. Lo que más me dolió fue despedirme de Marta. Ojalá cumpla su promesa y convenza a su familia para que la traiga en las vacaciones. La casa que alquilamos no es muy grande pero está en el Malecón y tiene un jardín en el que leo y estudio cuando no hace mucho sol. Veracruz me encanta. Lo único malo (aparte del calor) es que hay muy pocos cines y todavía no llega la televisión.

*

Nado mucho mejor y ya aprendí a manejar. Me enseñó Durán, el nuevo asistente de mi papá. Otra cosa: cada semana va a haber lucha libre en el cine Díaz Mirón. Si saco mejores calificaciones me darán permiso de ir.

*

Hoy conocí a Ana Luisa, una amiga de mis hermanas, hija de la señora que les cose la ropa. Vive aquí a la vuelta y trabaja en "El Paraíso de las Telas". Estuve muy tímido. Luego traté de aparecer desenvuelto y dije no sé cuántas estupideces.

*

Al terminar las clases me quedé en el centro esperando que saliera Ana Luisa de su trabajo. Me adelanté una cuadra para subirme al mismo tranvía "Villa del Mar por Bravo". Hice mal porque estaba con sus amigas de la tienda. No me atreví a acercarme pero la saludé y ella me contestó muy amable. ¿Qué va a pasar? Misterio.

*

Exámenes trimestrales. Me volaron en química y en trigonometría. Por suerte mi mamá aceptó firmar la boleta y no decirle nada a mi papá.

*

Ayer, en Independencia, Pablo me presentó a un muchacho de lentes. Luego me dijo: —¿Ves? Ese anduvo con la que te gusta. —No dio mayores detalles ni me atreví a preguntárselos.

*

Manejé desde Villa del Mar hasta Mocambo. Durán dice que lo hago bastante bien. Es muy cuate a pesar de que ya tiene como veinticinco años. Un mordelón nos detuvo porque me vio muy chico. Durán lo dejó hablar mientras nos pedía licencia o permiso de aprendizaje y amenazaba con llevarnos al bote. Después le dijo de quién era el coche y quién era yo, y asunto arreglado sin necesidad de dinero.

*

Ni sombra de Ana Luisa en muchos días. Parece que se tuvo que ir a Xalapa con su familia. He dado vueltas y vueltas por su casa y siempre está cerrada.

*

Fui al cine con Durán. Allí nos estaba esperando su novia. Me cayó bien. Es simpática. Está bonita pero un poco gorda y tiene dientes de oro. Se llama Candelaria, trabaja en la farmacia de los Portales. La fuimos a dejar a su casa. De vuelta le conté a Durán lo de Ana Luisa. Respondió: —Me lo hubieras dicho antes. Te voy a ayudar. Podemos salir juntos los cuatro.

*

No he escrito porque no pasa nada importante. Ana Luisa todavía no regresa. ¿Cómo puedo haberme enamorado de ella si no la conozco?

*

Candelaria y Durán me invitaron a tomar helados. Ella me estuvo haciendo preguntas sobre Ana Luisa. Durán le contó la historia, aumentándola. ¿Y ahora?

*

Al volver de la escuela me pasó una cosa muy impresionante: vi por primera vez a un muerto. Claro, conocía las fotos que salen en *La Tarde* pero no es lo mismo, qué va. Había muchísima gente y aún no llegaba la ambulancia. Alguien le tapó la cara con una funda de almohada. Unos niños la levantaron y me horrorizó ver el agujero del pecho, la boca y los ojos abiertos. Lo peor era la sangre que corría por la calle. Muy espesa, daba asco. Lo asesinaron con uno de esos abridores de cocos que son en realidad cuchillos dobles y tienen en medio un canalito para sacar el pedazo. El muerto era un estibador o pescador, no sé bien. Tenía ocho hijos y lo mató por celos el amante de la señora que vende tamales en el callejón. El asesino huyó. Ojalá lo agarren, dicen que estaba muy borracho. Lo más raro es que puedan matarse por una mujer tan vieja y tan fea. Yo creía que sólo la gente muy joven se enamoraba. Por más que hago no dejo de pensar en el cadáver, la herida espantosa, la sangre hasta en las paredes. No sé cómo le habrá hecho mi papá en la Revolución, aunque me contaba que al poco tiempo de andar en eso uno se acostumbra a ver muertos.

*

Ya regresó. Vino a la casa. La saludé pero no supe cómo hablarle. Luego salió con mis hermanas. ¿En qué forma podré acercarme a ella?

*

El domingo van a ir al cine y a lo mejor después al Zócalo. Allí pienso aparecerme. Maricarmen me preguntó si me gustaba Ana Luisa. Yo, como buen cobarde, le respondí:
—No, por favor, hay muchachas mil veces más bonitas.

*

Estuve en el Zócalo desde las seis y media. Me encontré a Pablo y a otros de la escuela y me puse a dar vueltas con ellos. Al rato llegaron Ana Luisa y mis hermanas. Las invité a tomar helados en el "Yucatán". Hablamos de películas y de Veracruz. Ana Luisa quiere irse a vivir a México. Durán pasó por nosotros en el coche grande y fuimos a dejarla. Apenas se bajó, la Nena y Maricarmen empezaron a burlarse de mí. Hay veces en que odio a mis hermanas. Lo peor fue lo que dijo Maricarmen: —No te hagas ilusiones, chiquito, porque Ana Luisa tiene novio; sólo que no está aquí.

*

Después de pensarlo mucho, por la tarde esperé a Ana Luisa en la parada del tranvía. Cuando se bajó con sus amigas la saludé y le dejé en la mano un papelito:

Ana Luisa:

Estoy perdidamente enamorado de ti. Me urge hablar contigo a solas. Mañana te saludaré como ahora. Déjame tu respuesta en la mano, diciéndome cuándo y dónde podemos vernos, o si prefieres que ya no te moleste.

Jorge

Luego me pareció una metida de pata lo último pero ya ni remedio. No tengo la menor idea de qué va a contestarme. Más bien creo que me mandará al diablo.

*

Estuve todo el día muy inquieto, pensando

en la respuesta de Ana Luisa. Contra lo que esperaba, me contestó:

Jórge no lo creo como bas a estar enamorado de mi, asepto qu℮ hablémos, nos vemos el domingo a medio dia en las siyas de Villadelmar.

Ana Luisa

*

Durán: —¿Ya ves? Te dije que era pan comido. Ahora oye mis consejos y no vayas a pendejearla el domingo.

Maricarmen: —¿Qué te pasa? ¿Por qué andas tan contento?

Lo malo es que no estudié nada.

*

Llegué quince minutos antes; alquilé una silla y me puse a leer un libro de la Nena, *Compendio de filosofía,* para que Ana Luisa me viera con él. No pude concentrarme, estaba inquietísimo. Dieron las doce, y nada. Las doce y media, y tampoco. Pensé que ya no iba a llegar. Cuando me había hecho el ánimo de irme, apareció.

—Perdóname, no podía escaparme.

—¿Escaparte? ¿De quién?

—Cómo que de quién: de mi mamá.

—¿Recibiste mi recado?

—Naturalmente. Te contesté. Por eso estamos aquí.

—Claro, tienes razón, qué bruto soy. . . ¿Y qué piensas?

—¿De qué?

—De lo que te decía.

—Ah, pues no sé.

—¿Cómo?

—Dame tiempo, déjame pensarlo.

—Ya tuviste mucho tiempo: decídete.

—Pero si, como te dije, apenas te conozco.

—Yo tampoco te conozco y ya ves. . .

—¿Ya ves qué?

—. . . estoy enamorado de ti.

Me puse rojo. Creí que Ana Luisa iba a reírse. Pero no dijo nada. Sonrió y me tomó de la mano. Nos fuimos caminando en silencio por el Malecón hacia el Fraccionamiento Reforma. Me sentía feliz aunque con miedo de que fuera a pasar alguien de la casa. De repente Ana Luisa habló:

—Bueno, debo confesarte que tú también me gustas mucho.

No supe qué contestar.

—Pero hay un inconveniente.

—¿Cuál?

—Eres más chico que yo.

—No es cierto (creo) y aun si lo fuera qué importa.

—¿De verdad?

—Claro que no importa.

Quisiera escribir todo lo que pasó hoy. Pero anda por aquí Maricarmen y sería fatal que me viera escribiendo. Voy a guardar la libreta en lo más alto del ropero. Estoy muy contento y todo salió mil veces mejor de lo que esperaba.

*

Durante una semana nos hemos estado viendo en el Malecón por la noche. No he escrito pues tengo miedo de que alguien vaya a leerlo (mis hermanas son muy chismosas y lo cuentan todo), aunque siento que si dejo de escribir no quedará nada de lo que está pasando. Ni siquiera tengo una foto de Ana Luisa. No quiere dármela ya que si me la encuentran le contarán a su mamá y

*

Ayer tuve que interrumpirme porque entró mi papá. Le dije que estaba haciendo la tarea de Historia y me creyó. Lo he visto muy nervioso: en el sur del Estado hay problemas con los campesinos que no quieren desocupar las tierras en que se construirá otra presa del sistema hidroeléctrico. Si las cosas no se arreglan él tendrá que ir personalmente. Hoy le estuvo hablando de eso a mi mamá. Dijo que como el ejército salió del pueblo no debe disparar contra el pueblo. No sé mucho de mi papá, casi no hablamos; pero una vez me contó que era muy pobre y se metió a la Revolución hace como mil años, cuando tenía más o menos mi edad.

*

Un día horrible. Ana Luisa se fue otra vez a Xalapa. Prometió escribirme a casa de la novia de Durán. Ando cada vez peor en la escuela. Pensar que en la primaria era uno de los mejores alumnos. . .

*

Durán me llevó a practicar en carretera. Manejé desde Mocambo hasta Boca del Río. Candelaria vino con nosotros y me prometió que en cuanto regrese Ana Luisa le pedirá permiso a su mamá para que la deje salir *con ella,* y nos iremos de paseo los cuatro.

*

Me habló Candelaria y dijo que recibió
carta de Ana Luisa y que me la mandaría
con Durán. Le contesté que mejor yo pasaba a recogerla. Pero como era domingo no
hubo ningún pretexto para salir y tuve que
estar todo el día muerto de desesperación
en la casa.

*

*Quérido Jórge perdoname que no te alla
escrito pero es que no e tenido tiempo
pues han habido muchos problemas y no
me dejan un minuto sola. Fijate que ora
que llegamos mi tia le contó todo a mi
papá de que salia yo sola contigo y enfin
quien sabe cuanta cosa le dijo.*

*Luego que ella se fué mi papá me llamo
y me dijo lo que ella le havía dicho y yo
le dige que no era cierto, que saliamos
pero con tus hermanas, bueno pues no te
creas que lo crelló.*

*Jórge los dias se me hasen siglos sin
verte, a cada rato pienso en tí, en las noches me acuésto pensando en tí, quiciera
tenerte siempre junto a mí, pero ni módo
que le vamos a ser.*

Jórge apurate en tus clases haber si es

*posible que vengas a Jalapa porque lo
que es yo a Veracrúz quien sabe asta cuando valla.*

*Bueno quérido Jórge, saludes a la Nena
y a Mari Carmen, a tu mamá y a tu papá
tan bien y muy especialménte a Duran y
a su nobia.*

*Si quieres escribirme aslo a lista de co-
reos a nombre de* LUISA BERROCAL, *me en-
tregan la carta porque téngo una creden-
sial a ese nombre.*

*Buéno, a Dios Jórge, recibe muchos be-
sos de mi parte de la que te quiere y no
te puede olvidár*

Ana Luisa

Ya copiada la carta al pie de la letra haré
aquí mismo un borrador de contestación:

Amor mio (no, mejor:) *Querida Ana Luisa* (tampoco, suena muy frío.) *Queridísi-
ma e inolvidable Ana Luisa* (no, salió
cursi.) *Muy querida* (es poco). *Mi muy
querida Ana Luisa* (así está bien, creo yo):

*No te puedes imaginar la enorme ale-
gría que me dio tu carta que tanto he
esperado* (suena mediomal pero en fin ahí
se va). *Tampoco te imaginas cuánto te*

extraño y qué necesidad tan grande tengo de verte. Ahora sé que de veras te quiero y estoy profundamente enamorado de ti.

Sin embargo debo decirte con toda sinceridad que hubo tres cosas muy extrañas en tu carta:

Primera.—Creí que la señora con quien vives era tu mamá, y resulta ser tu tía. (Por cierto, nunca me dijiste que tu papá estaba en Xalapa.)

Segunda.—¿Por qué no puedes regresar? ¿Por qué tienes que ir tan seguido a Xalapa? Todo esto me preocupa muchísimo y te suplico no me dejes en duda.

Tercera.—Envío esta carta a lista de correos y dirigida en la forma que me indicas, pero sinceramente no entiendo cómo es que tienes una credencial con un nombre que no es el tuyo. ¿Verdad que me lo vas a explicar?

De por acá no te cuento nada porque todo es horrible sin ti. Regresa pronto. Te mando muchos besos con mi más sincero amor.

Jorge

El principio y el fin se parecen bastante a las cartas que le manda Gabriel a Maricarmen —y que naturalmente he leído sin que ella lo sepa— pero creo que en conjunto está más o menos aceptable. Voy a pasarla en limpio y a dársela a Durán para que la eche al correo.

*

De aquí a un año ¿en dónde estaré, qué habrá pasado? ¿Y dentro de diez?

*

Llegué a casa con la boca partida y chorreando sangre de la nariz. A pesar de todo gané el pleito. Al salir de la escuela me di con Óscar (el hermano de Adelina, esa gorda que habla mal hasta de su madre y es amiguísima de la Nena) porque dijo que me habían visto en plan de noviecito con Ana Luisa y estaba haciendo el ridículo pues ella se acuesta con todos. No lo creo ni voy a permitir que nadie lo diga. Lo malo es que con esto y con la carta ya son demasiados misterios y dudas. Tuve que decir que me peleé porque criticaron a mi papá debido al asunto de las tierras.

*

Menos mal, se arregló no sé cómo ese problema y mi papá no tuvo que intervenir directamente. Sigo esperando respuesta de Ana Luisa. Fui otra vez al cine con Candelaria y Durán. Vimos *Sinfonía de París* y *Cantando bajo la lluvia*.

*

En la escuela nadie se me acerca. Parece que después de lo que pasó con Óscar tienen miedo de hablarme o me están aplicando la ley del hielo. Hasta Pablo, que ya era casi mi mejor amigo, trata de que los otros no nos vean mucho juntos.

*

No pude más y les conté todos los misterios de Ana Luisa a Candelaria y Durán. Ella me dijo que, sabiéndolo, no había querido mencionar antes el tema para no desilusionarme; si ahora estaba dispuesta a hacerlo era con objeto de que yo supiese a qué atenerme. El motivo de los viajes de Ana Luisa a Xalapa es que su papá y la señora que vive con él —pues la verdadera madre huyó con otro hombre cuando acababa de nacer Ana Luisa— tratan de casarla porque tuvo relaciones con un muchacho de allá. Se entiende de qué tipo de relaciones. No pueden hacer

que se case con ella por la ley o por la fuerza: él es sobrino del gobernador y si se ponen
en contra suya tienen perdida la pelea.

Fingí indiferencia ante Candelaria y Durán, pero por dentro estoy que me lleva el
diablo.

*

Muy querida Ana Luisa:

*¿Recibiste mi carta? ¿Por qué no me
contestas? Me urge verte y hablar contigo
pues aquí están pasando cosas muy raras.
Te suplico por favor que regreses lo más
pronto posible o cuando menos que me
contestes. Escríbeme aunque sea una tarjeta. Hazlo ahora mismo, no lo dejes para
después. Te manda muchos besos, te extraña cada vez más y te quiere siempre*

Jorge

*

Nunca debí haberle hecho la historia a Durán. Me trata de otra manera y se toma una
serie de confianzas que no tenía antes. En
fin. . .

Tal parece que la cuestión de Ana Luisa me obliga a pelearme con todo el mundo. En la escuela ya no me dicen nada pero me siguen viendo como a un bicho raro. Y ¿qué estará pasando en Xalapa? ¿Por qué no me contesta Ana Luisa? ¿Será verdad lo que dijo Candelaria? ¿No lo habrá inventado nada más por envidia?

*

Estaba leyendo *Las minas del rey Salomón* cuando sonó el teléfono. Era Ana Luisa que hoy volvió de Xalapa. Rapidito me dijo: —Gracias por escribirme. Me he acordado mucho de ti. Búscame mañana al salir del trabajo. Y ahora, para disimular, comunícame con la Nena.—Pasaré un día y una noche horribles, muriéndome de ganas de verla.

*

¿Por dónde empezar? Bueno, Durán no quiso prestarme el coche porque mi papá se enojaría con él si se enteraba y propuso que saliéramos los cuatro. Él iba a pasar por Candelaria, luego por mí al colegio y después por Ana Luisa al "Paraíso de las Telas". Candelaria, que trabaja muy cerca, le avisaría del plan. Así fue.

Ana Luisa nos esperaba en la esquina. No pareció molesta porque estuvieran conmigo los otros dos. Saludó a Candelaria como si la conociera de mucho antes, subió al asiento de atrás y, sin importarle que la vieran, me dio un beso.

—¿Adónde vamos? —preguntó—. Me dan permiso hasta las ocho.

—Por allí, a dar la vuelta —contestó Durán—. ¿Qué les parece Antón Lizardo?

—Muy lejos —respondió Ana Luisa.

—Sí, pero en otra parte pueden vernos —añadió Candelaria.

—Ay, tú, ni que fuéramos a hacer qué cosas —dijo Ana Luisa.

—Por Dios, niña, no tengas malos pensamientos —se apresuró a comentar Durán con voz de cine mexicano—. Es simplemente que si nos ven y le cuentan a mi general, me manda al paredón por andar de encaminador de almas aquí con su muchachito.

Ellas se rieron, yo no. Me molestó el tono de Durán. Pero qué iba a decir si me hacía un favor y estaba completamente en sus manos.

Durán volvió a Independencia y se fue recto por Díaz Mirón hasta entrar en la carretera de Boca del Río y Alvarado. Pasamos frente al cuartel de La Boticaria. Durán me advirtió, mirándome por el espejo:

—Agáchate niño, no sea que te descubran porque entonces sí pau-pau.

Ahora tuve que hacerme el que sonreía pues enojarme hubiera sido ridículo. De todos modos sentí rabia de que me tratara como a un niñito para lucirse ante las muchachas.

Iba como a medio metro de Ana Luisa, mirándola sin atreverme a acercarme ni a abrir la boca. Después de haberle escrito cartas no sabía qué decirle ni cómo hablarle delante de extraños. Durán, en cambio, manejaba como loco, llevaba casi montada encima de él a Candelaria y de vez en cuando nos observaba por el espejito.

Ana Luisa parecía divertida con la situación. Me sonreía pero tampoco hablaba. Hasta que al fin me dijo como para que la oyeran los demás:

—Ven, acércate, no muerdo.

La frasecita no me gustó pero aproveché para correrme en el asiento, pasarle el brazo, tomarle la mano y darle un beso en la boca. Aunque traté de dárselo en silencio hubo un chasquido. Durán se volvió:

—Eso, niños, muy bien, así se hace.

Me pareció tan imbécil que sentí ganas de contestarle: "Tú qué te metes, hijo de la chingada." Me aguanté pues peleándome con él lo echaría todo a perder, y lo importante es que Ana Luisa y yo íbamos a estar, al menos relativamente, solos.

Serían como las seis y media de la tarde cuando llegamos a la playa. Nos fuimos hasta mucho más allá de donde los pescadores tienen sus redes y sus barcas. Cuando nos bajamos los cuatro y ellas dos se adelantaron a ver algo en la arena, Durán me dijo entre dientes:

—Si no te la coges ahora es que de plano eres muy pendejo. Esta ya anda más rota que la puta madre.

No me pude aguantar, ya era mucho, y además nunca me había hablado de ese modo, y le contesté:

—Mejor te callas ¿no? A ti qué chingados te importa, carajo.

No contestó. Él y Candelaria volvieron al coche. Ana Luisa y yo, tomados de la mano, nos alejamos caminando por la orilla del mar. Después nos sentamos en un tronco al pie de los médanos.

—Quiero hacerte varias preguntas —le dije.

—No tengo ganas de hablar. Además ¿no

que ya te andaba por quedarte a solas conmigo?: aquí me tienes, aprovecha, no perdamos el tiempo.

—Sí pero quisiera saber. . . .

—Ay hombre, seguramente ya te llegaron con chismes. No hagas caso. ¿O qué: no me quieres, no me tienes confianza?

—Te adoro. —Y la abracé y la besé en la boca. Tocó mi lengua con la suya, la estreché más fuerte y empecé a acariciarla.

—Te quiero, te quiero, me gustas mucho —me decía con un acento que jamás le había oído.

Y sin saber cómo ya era de noche, ya estábamos rodando por la arena, le metía la mano por debajo de la blusa, le acariciaba las piernas y estuve a punto de quitarle la falda (bueno, si alguien ve este cuaderno se me arma, pero debo escribir aquí lo que pasó hoy), cuando de repente nos dio en los ojos una luz espantosa.

Pensé: es una broma de Durán. Pero no: el coche estaba muy lejos y seguía con sus faros apagados. Era un autobús escolar que se acercaba por la playa. No tengo la menor idea de qué iban a hacer a esas horas. Tal vez a buscar erizos para un experimento, quién sabe.

Rápidamente nos levantamos y tomados de la mano seguimos caminando por la orillita, como si nada. El autobús se estacionó cerca de nosotros. Bajaron montones de niñas con uniforme gris y dos monjas. Nos miraron con tal furia que tuvimos que regresar al coche, sacudiéndonos la arena que nos había entrado hasta por las orejas. Candelaria se estaba peinando y Durán se acomodaba los pantalones.

—Malditas brujas, nos aguaron la fiesta —dijo.

—Vámonos a otro lado —propuse.

—No, ya es tardísimo. Mejor nos regresamos —contestó Ana Luisa.

—Sí, ya hay que volver. Imagínate si tu papá nos cacha en la movida —añadió Durán.

—¿Qué tiene?

—Nos pone una friega de perro bailarín y no podremos salir de nuevo los cuatro.

Durán había cambiado. Qué bueno que me atreví a ponerle un alto. El regreso fue mediotriste. Nadie hablaba. Pero yo tenía abrazada a Ana Luisa y la acariciaba por todas partes sin importarme que nos vieran. La dejamos a la vuelta de su casa. Se fue sin decirme cuándo volvería a verla.

Apenas se bajó Candelaria, Durán me llevó al baño de un restaurante. Me lavé y me peiné, me puse pomada blanca en los labios —que estaban hinchadísimos— y loción en el pelo. No sabía que Durán siempre trae estas cosas en la cajuela.

Naturalmente, al regresar hubo gran lío. Durán se portó bien. Dijo que me estaba enseñando a manejar en carretera y se nos ponchó una llanta. He escrito mucho y estoy cansadísimo. No puedo más.

*

A cambio de ayer hoy fue un día espantoso. Estuve *ido* en clase. Luego mi mamá me dijo: —Ya sé que andas con *esa* muchacha. Sólo te advertiré que no te conviene. —Quisiera saber cómo se enteró.

*

Me vi con Ana Luisa a las siete y media. Estuvo muy cariñosa y me rogó que ya no volviéramos a salir con Candelaria y Durán. Lo malo es que de otra manera no puedo conseguir el coche. No me atreví a preguntarle nada de lo que dijo Candelaria. Sería horrible que Ana Luisa pensara que no le tengo confianza. Me contó que mis hermanas la habían saludado muy fríamente. Esto

comprueba que ya se sabe todo en la casa. . .
Pero no pienso dejar a Ana Luisa por nada
del mundo.

*

También hoy estuve hecho un completo
idiota en clase. Voy cada vez peor hasta en
las materias que antes dominaba. Cuando
mi papá vea las calificaciones va a ser un
desastre. No puedo estudiar ni leer ni concentrarme y todo el tiempo estoy pensando
en Ana Luisa y en cosas.

*

¿Por qué será que Ana Luisa siempre me hace
preguntas y no quiere contarme nada de
ella ni de su familia? Parece que se aver-
güenza de su papá, que tiene un carro de
esos con magnavoz y anda por todo el Estado vendiendo callicidas, tintura para las
canas, remedios contra el paludismo y las
lombrices. No hay nada malo en ese trabajo. Más debería avergonzarme el de mi
padre que se ha ganado la vida matando
gente. Pero ella no quiere mucho al señor
porque nunca está en casa y, como es hija
única, la puso a trabajar desde muy chica.
A Ana Luisa le gustaría seguir estudiando.

Es muy inteligente pero como sólo llegó a cuarto de primaria no lee más que historietas, se sabe de memoria el *Cancionero Picot*, oye las novelas del radio y le encantan las películas de Pedro Infante y Libertad Lamarque. Me he reído un poquito de sus gustos y creo que hago mal, pues qué culpa tiene ella si no le han enseñado otra cosa. Cuando menos el otro día la defendí ante Adelina que se burlaba de Ana Luisa porque fueron a ver *Ambiciones que matan* y no la entendió pues no le da tiempo de leer los títulos en español. (A mí Ana Luisa me contó su versión de *Quo Vadis?* y es como para ponerse a llorar.) La falta de estudios de Ana Luisa es un problema pero puede remediarse y además ella tiene muchas cualidades que la compensan. Con qué derecho voy a criticarla. La quiero y es lo único que importa.

*

Un día horrible. Ana Luisa se volvió a ir a Xalapa. Sopló un norte, se inundaron las calles y el jardín de la casa. Me peleé con la Nena porque me dijo: —Oye, a ver si ya te buscas una novia decente y no sigues exhibiéndote con esa tipa que anda manoseándose con todos. —Afortunadamente no estaba nadie más pero no dudo de que la Nena va a contarle a mi mamá que la insulté y se burlará de mí con Adelina porque dije que estaba orgulloso de Ana Luisa y la quería mucho.

*

Este domingo amanecí tan triste que no tuve fuerzas para levantarme de la cama. Bajo pretexto de que me dolían la cabeza y la garganta pasé horas y horas pensando en qué estará haciendo Ana Luisa y cuándo regresará de Xalapa. Lo peor fue que mi mamá me untó el pecho con antiflogestina y por poco me vomito.

*

Humillación total. El director me mandó llamar. Dijo que mis calificaciones iban para abajo en picada y mi conducta dentro y fuera de la escuela era ya escandalosa. Si no me corrijo inmediatamente, hablará con mi padre y le recomendará que me interne en una escuela militar. El maldito sapo capado me echó un sermón e insistió en que estoy muy chico para andar con mujeres pues me van a perder y a volverme "un guiñapo húmano". ¿Pensará el muy hijo de su chingada madre que no lo he visto cuando pára el ojo que le bizquea mirándoles las piernas a las muchachas? Tuve que aguantar el manguerazo con la mirada al suelo y diciéndole a todo, como el auténtico pendejo que soy: —Sí señor director, le prometo que no se repetirá, señor director. —Para terminar la joda me dio de palmaditas con su mano sebosa: —Tú tienes buena madera, muchacho. Todos cometemos errores. Sé muy bien que pronto estarás de nuevo por el buen camino. Ándale, vuelve a tu salón. —Así es que ya mediomundo sabe lo de Ana Luisa y todos, absolutamente todos, están en contra. Qué carajos les importa. Ah, si pudiera incendiaría la pinche escuela y mataría a todos los bueyes que sólo nos enseñan pendejadas.

*

Todo sigue igual. Extraño a Ana Luisa. ¿Qué hará, cuándo volverá, por qué no me escribe?

*

Las cosas van de mal en peor. Fuimos a comer a Boca del Río, toda mi familia y Yolanda, una amiga guapísima de la Nena y de Maricarmen, y ellas me estuvieron echando indirectas, diciendo que Gilberto —el hermano de Yolanda, un sangrón que es muy cuate de Pablo— anda toda la vida con criadas en vez de fijarse en las muchachas de su escuela. —Las gatas deben tener su no sé qué —dijo Maricarmen mirándome a los ojos—. Porque te aseguro que Gilberto no es el único gatero que conocemos.

Sentí ganas de echarle a la cara la sopa hirviente. Por fortuna mi mamá cambió la conversación. Maricarmen olvida que después de todo su Gabrielito es un pobre diablo aunque tenga mucho dinero, y el único novio que ha pescado la Nena era un capitancillo. Lo que pasa es que les gustaría enjaretarme a Adelina. Qué horror. Antes muerto que soportar a esa ballena.

*

Hace tres días que mi papá no viene. Mi mamá llora todo el tiempo. Le pregunté a Maricarmen qué pasaba. Me contestó: —No te metas en donde no te llaman.

*

Regresó mi papá. Me dijo que fue a Xalapa, a arreglar un asunto con el gobernador. Durán, que lo acompañó, sabe toda la verdad pero no va a decirme una palabra. ¿Habrá visto a Ana Luisa? Imposible. Ni siquiera yo tengo su dirección.

*

Me salvé de milagro. Estaba solo cuando vino el cartero. Recogí la correspondencia. Un sobre sin remitente me dio mala espina. Aunque estaba dirigido a mi papá lo abrí, arriesgándome a encontrar una carta normal. Mi presentimiento no falló: era un anónimo. En letras de *El Dictamen* pegadas malamente con goma decía:

UNO, DOS, TRES: PROBANDO, PROBANDO. LA SOCIEDAD VERACRUZANA, ESCANDALIZADA POR LA CONDUCTA DE USTED Y DE SU HIJO. SI ESTO HACE AHORA EL NIÑITO ¿QUÉ SERÁ CUANDO CREZCA? INTÉRNELO EN UN REFORMATORIO CUANTO ANTES. EVITE QUE LO SIGA DESGRACIANDO EL MAL EJEMPLO. AQUÍ TODOS SOMOS DECENTES Y TRABAJADORES. ¿POR QUÉ SIEMPRE NOS MANDAN DE MÉXICO GENTE DE SU CALAÑA? REPUDIAMOS A FAMILIAS

CORRUPTAS COMO LA SUYA. DE TAL
PALO TAL ASTILLA. VIGILAMOS. SE-
GUIREMOS INFORMANDO. LAS PARE-
DES OYEN. TODO SE SABE. NO HAY
CRIMEN IMPUNE. QUIEN MAL ANDA,
MAL ACABA. ¿ENTERADO? CAMBIO Y
FUERA.

Voy a quemarlo ahora mismo y a enterrar
las cenizas en el jardín. Nunca había visto
un anónimo de verdad. Creí que sólo exis-
tían en las películas mexicanas. No me ima-
gino quién puede haberlo mandado. Desde
luego no será ninguno de mis compañeros
ni una amiga de mis hermanas. (Se dice que
Adelina manda anónimos pero no creo que
se atreviera a hacerlo con mi papá.) Nadie
tendría la paciencia de recortar letritas e
irlas pegando durante horas y horas. Además allí se usan palabras que no utiliza la
gente que conozco. Me suena un poco al
lenguaje del director que además es radio-
aficionado; pero él qué tiene que estar hablando a nombre de la sociedad veracruzana
si no es de aquí. Tampoco se animaría a
meterse de esta manera con mi papá: sabe
que es perfectamente capaz de darle un ba-
lazo. Y aunque lo odio, el director no me

parece tan bajo como para mandar un anónimo.

*

Le doy vueltas y vueltas y todavía no lo creo. A lo mejor me equivoqué y es una mala interpretación. Quién sabe. Resulta que pasé a ver si Candelaria me tenía carta de Ana Luisa. Nunca la había visto sin Durán y como la farmacia estaba llena de gente me llamó a una esquina del mostrador y se puso insinuantísima y me dijo:

—Tú tomas muy en serio las cosas. Debías divertirte y pasarla bien y no ser tan a la antigüita. ¿Cuándo quieres que echemos una buena platicada? Te voy a dar algunos consejos.

—El día que sea; nos ponemos de acuerdo con Durán.

—No, no le digas nada. Ni siquiera le comentes que hablamos. Mejor nos vemos tú y yo solitos. ¿Qué te parece?

—Pues, este, digo, bueno, es decir... tú eres su novia ¿no?

—Sí, pero no nacimos pegados. ¿Qué tiene de malo que tú y yo nos veamos? Me caes rebien ¿sabes? Durán no es mala gente pero es muy soldadote. En cambio tú eres finito, bien guapito, y no estás tan maleado.

—Oye, es que francamente no sé qué pensar. Me da pena.

—¿Pena? ¿Por qué pena? Mi hijito, piensa que después de todo Durán es tu gato, tu-ga-to. Además crees que es muy tu amigo pero no tienes ni idea de lo que dice de ti y de tu familia; de que eres un niñito muy consentido y más bien tontito; de que tu papá es un tirano y un ladrón que hace negocio hasta con los frijoles de la tropa y de que todo se lo gasta en viejas; y de lo resbalosas que son tus hermanas...

Candelaria iba a seguirse de filo echándole a Durán, cuando el dueño la llamó y le dijo que no platicara en horas de trabajo. Nos despedimos.

—Háblame aquí o búscame en la casa. Ya sabes dónde. No tengo teléfono.

¿Qué hago? ¿Le hablo o mejor no? No, para qué meterme en más líos. Y sobre todo no puedo traicionar a Ana Luisa ni tampoco a Durán.

*

Muy querida Ana Luisa:

¿Cómo estás? ¿Por qué no me escribes?

Te extraño mucho, me haces mucha falta. Regresa pronto. Necesito verte. Recibe muchos besos con todo mi amor.

Jorge

Acababa de ponerle esto en una tarjeta postal (dentro de un sobre) cuando llegó Durán muy misterioso a darme la carta que por la mañana le entregó Candelaria. Se me hace que la abrieron poniéndola al vapor y luego la pegaron con goma o engrudo. No puedo ser tan desconfiado. La copio tal como está:

Quérido Jórge perdoname que te escriva poquito pero estoy cuidando a mi papá, derrepente se puso malo de un disjusto que tubo gracias a Diós no es nada grabe estará bueno pronto y enseguida vuelvo.

Jórge estoy muy triste sin ti, pienso que no vas acordarte de mi y te vas a fijar en otras muchachas que no te dén tanto problema como yo te e dado.

Pero mejor no lo agas porque yo te quiero muchisímo de verda ni te imajinas cuanto y me muero de ganas de verte ójala que muy pronto.

*A Diós Jórge, resibe muchos besos y
mi amor que es siempre tuyo y quiéreme*

Ana Luisa

Bueno, pues no sé qué pensar. Además ¿cómo sabe Ana Luisa que me ha dado problemas?

*

Tenía que ser: ya le llegaron a mi papá con el chisme. ¿Quién habrá sido? La Nena jura que ella no fue, ni tampoco Maricarmen. Puedo creerla porque cuando menos es sincera y siempre da la cara. Entonces ¿será alguien de la escuela? No creo.

Estuvo mucho más duro que lo del director. Dijo que mientras él me mantenga mi obligación es estudiar y obedecer, que luego cuando trabaje y gane mi propio dinero podré tener miles de mujeres; aunque es el peor camino, me lo dice por experiencia (caramba).

Mi papá será muy general y toda la cosa pero no entiende cómo anda el asunto: me informó que de ahora en adelante y hasta nueva orden no podré ir a ningún lado si no me acompaña y me vigila Durán (!)

*

Hace rato, cuando me había escapado por la azotea para rondar, como todas las noches, la casa de Ana Luisa, la vi bajarse de un Packard último modelo (yo conozco ese coche) junto con la señora. Ellas no me notaron, alcancé a esconderme tras de la esquina. Me intriga saber quién es el tipo ya medioviejón que las vino a dejar. Las ayudó con las maletas y se despidió de Ana Luisa con un beso en la mejilla. A pesar de todo no entró en la casa.

Qué desesperación no poder hablar con ella. Ojalá mañana me pase recado con Candelaria. Me encantaría ir a buscarla o cuando menos hablarle por teléfono a su trabajo pero me lo ha prohibido porque dice que la regañan y le descuentan de su sueldo.

Aquí hay otra cosa rarísima: si el dueño de la tienda es tan estricto ¿por qué la deja faltar tanto y no la sustituye por otra empleada? No he conocido a nadie tan misteriosa como Ana Luisa.

*

Lo que menos esperaba. Ana Luisa le dejó un sobrecito color de rosa a Candelaria para que me lo entregara Durán:

Quérido Jórge resibí tu targeta, graciás. Espero que lo que voy a decirte no te moleste a mi me dá mucha tristesa pero no quéda mas remedio pues creo que es lo mejor para los dós.

Resulta Jórge que ya no bamos a seguirnos viendo como asta ora, se que me entenderas y no me pediras esplicasiones pues tan poco podría dartélas.

Jórge siempre e sido sinsera contigo y te e querido mucho nunca sabrás cuánto de veras, me sera muy difícil olvidarte, ójala no sufras como yo estoy sufriendo y te olbides pronto de mi.

Te mando un ultimo beso con amor

Ana Luisa

Me quedé helado. Luego me encerré en mi cuarto y me puse a llorar como si tuviera dos años. Ahora trato de calmarme y hago un esfuerzo para escribir aquí. No puedo creerlo, no puedo soportar la idea de que nunca más volveré a ver a Ana Luisa. Es terrible, es horrible, y no sé, no sé, no entiendo nada.

*

Pasé una noche infernal. Durán me llevó en el yip a la escuela y no hablamos, aunque estoy segurísimo de que él ya sabe y hasta vio la cartita que estaba en un sobre sin pegar. Candelaria no tuvo la buena educación de cerrarlo.

Al salir rondé por donde trabaja o trabajaba Ana Luisa. Vi a sus amigas pero a ella no. Me acerqué, me dijeron que no ha vuelto a la tienda ni creen que volverá. Sentí muchas ganas de presentarme en su casa pero no tengo ningún pretexto. No importa que sea humillante, quisiera verla cuando menos una última vez.

*

Mi mamá entró de pronto en el cuarto y me encontró llorando (a mi edad). Hizo preguntas y le conté la versión rosa de la historia. En vez de regañarme, dijo que no me preocupara: ella lo sabía y lo permitió para que me sirviera de experiencia; esto le ha pasado y le pasará a todos y no debo darle importancia: pronto encontraré una muchacha que sea de mi clase y verdaderamente pueda ser mi novia y no tenga tan mala fama como Ana Luisa.

Esta vez ya ni siquiera protesté como antes. No hice el menor intento de defenderla. Pobre Ana Luisa. Todos quieren hacerle daño. Ahora me doy cuenta de que en realidad nunca supe nada de ella. No creo poder enamorarme de otra... ¿Y si todo cambiara y Ana Luisa viniera a decirme que lo pensó, reconsideró y está arrepentida? No, es una imbecilidad; esto no va a pasar, de nada sirve hacerme ilusiones.

*

Días, semanas sin escribir nada en este cuaderno. Para qué, no tiene objeto. Si alguien lo ve se burlará de mí.

*

Tuve un sueño muy triste pero absolutamente claro. Estábamos en México. Ana Luisa me citaba en "La Bella Italia" para que yo pudiese verla por última vez, ya que se iba y no volvería nunca. La cita era a las doce. Yo tomaba un tranvía y se paraba por falta de luz; un camión y chocaba. Me iba corriendo por una calle con árboles —¿Amsterdam, Alvaro Obregón, Mazatlán?— las piernas comenzaban a dolerme y tenía que sentarme en una banca. En eso aparecía la

Nena del brazo de Durán. —Vamos a la iglesia a casarnos —me decía—. Y tú ¿adónde vas tan apurado? No me digas que vas a ver a Ana Luisa. —Contestaba que no, que iba a un partido de fut y ellos me hacían conversación y yo desesperado sin poder zafarme. Hasta que al fin seguía corriendo y me cruzaba con un entierro. En la esquina veía a una señora de luto. Era mi mamá regañándome: —Van a enterrar a tu padre y tú en vez de llorarlo en el cementerio corres al encuentro de una mujerzuela. —Le pedía perdón y continuaba mi carrera. Al llegar a "La Bella Italia" eran las dos en punto y ya no estaba Ana Luisa. Aparecía Candelaria con delantal, sirviendo las mesas. Me contaba que Ana Luisa me esperó mucho tiempo; tuvo que irse para siempre y no dejó dicho adónde. . .

*

Dos meses sin verla, seis semanas desde que recibí su última carta. En vez de olvidarla siento que la quiero más. Y no me importa que sea cursi el decirlo.

*

Le hice unos versos, tan malos que mejor

los rompí. ¿Qué hará, dónde estará y con quién? Todas las noches voy a su casa. La encuentro siempre cerrada. ¿Habrá vuelto a Xalapa, se fue a México?

*

Lo más triste de todo es que ya me estoy resignando. Pienso que tarde o temprano lo de Ana Luisa tenía que acabarse pues con los años que tengo no me iba a casar con ella ni nada por el estilo. Además desde que no nos vemos todo parece en calma. En la escuela ya me hablan, en la casa me tratan bien, puedo estudiar, leo muchísimo, y no ha llegado —al menos que yo sepa— otro anónimo. Pero no me importaría que todo fuera como antes, o peor, con tal de volver a estar cerca de Ana Luisa.

*

Me preocupa Ana Luisa. Me duele no poder hacer nada por ella. Supongo que le está yendo muy mal y que su vida va a ser horrible sin que tenga ninguna culpa. Aunque pensándolo bien y fijándose en la gente que uno conoce o de la que sabe algo, la vida de todo mundo siempre es horrible.

*

Llegaron las cosas que habíamos dejado en México, entre ellas el baúl donde mi mamá guarda las fotos. En vez de estudiar o de leer me pasé horas contemplándolas. Me cuesta trabajo aceptar que soy el niño que aparece en los retratos de hace ya mucho tiempo. Un día seré tan viejo como mis papás y entonces todo esto que he vivido, toda la historia de Ana Luisa, también parecerá increíble y aun más triste que ahora. No entiendo por qué la vida es como es. Tampoco alcanzo a imaginar cómo podría ser de otra manera.

*

Escribo a las doce y media. No fui a clases. Hoy es cumpleaños de mi papá. Vendrán el gobernador, el presidente municipal y no sé cuántos más. En vez de que la haga Eusebia como todos los días, un cocinero especial prepara la comida. No voy a probar nada. Creo que no volveré a comer nunca. Soy tan bruto que a mi edad no había relacionado las comidas con la muerte y el sufrimiento que las hacen posibles. Vi al cocinero matando a los animales y quedé horrorizado. Lo más espantoso es la muerte de las tortugas o quizá la de las pobres langostas que patalean desesperadamente en la olla de agua hirviendo. Uno debería comer nada más pan, verduras y frutas. Pero ¿de verdad no sentirán nada cuando uno las muerde y las mastica?

*

Vino Yolanda a despedirse de mis hermanas porque se va a estudiar a Suiza. También a Gilberto lo mandan de interno a una academia militarizada de Illinois. Su padre se hizo millonario en el régimen que está por acabar. A muchos que conocemos les pasó lo mismo. Si en México la mayoría de la gente es tan pobre ¿de dónde sacarán, cómo le harán algunos para robar en tales cantidades?

Yolanda nos contó que hace días Adelina trató de suicidarse. Metió la cabeza en el horno de la estufa y abrió el gas. Cuando empezó a sentirse mal se arrepintió, salió corriendo y antes de caer desmayada vomitó por toda la sala.

Adelina dejó un recado: atribuye la culpa del suicidio a su madre y a su hermano, y el capitán le dio la gran golpiza a Óscar. Pobre capitán, cuánto quiere a Adelina. No se da cuenta de que su hija es un monstruo.

La Nena, Maricarmen y yo nos moríamos de risa mientras Yolanda narraba y actuaba la tragedia de la gorda. Luego sentí remordimientos: no está bien alegrarse del mal ajeno, por mucho que deteste a Óscar y a Adelina y aunque estoy casi seguro de que ella mandó el anónimo, cuidadosamente pensado de manera que se lo achacáramos al director.

*

No entiendo cómo es uno. El otro día sentí piedad viendo a los animales que mataba el cocinero y hoy me divertí pisando cangrejos en la playa. No los enormes de las rocas sino los pequeños y grises de la arena. Corrían desesperadamente en busca de su cueva y yo los aplastaba con furia y a la vez divertido. Luego pensé que en cierta forma todos somos como ellos y cuando menos se espera alguien o algo viene a aplastarnos.

*

Ya no he salido con Candelaria y Durán, incluso ignoraba si seguían viéndose. Durán y yo hablamos poco. Siento que he traicionado a alguien que (excepto la vez de Antón Lizardo) se portó bien conmigo. Creo que él sabe algo de esa conversación en la farmacia pues tampoco ha hecho nada para que hablemos ni volvamos a ir a nadar o a práctica de manejo.

En fin, digo todo esto porque hoy me encontré a Candelaria en el tranvía y, para hablar de Ana Luisa, se me ocurrió invitarla a tomar un refresco en el "Yucatán". Apenas nos sentamos Candelaria me preguntó por ella.

—¿De veras no lo sabes? No puedo creerlo. Pues me cortó, me mandó a volar.

—No me digas. No sabía nada.

—Pero cómo, si dejó la carta contigo.

—No la leí, claro, soy muy discreta... Qué tonta, qué bruta, cuándo se va a encontrar a alguien como tú.

—No creas, yo quién soy.

—Tú eres tú y ya te dije lo que me pareces.

Silencio. Enrojezco. Tomo un traguito de agua de tamarindo. Candelaria me observa, se divierte al ponerme en dificultades.

—Te voy a decir una cosa: tu error fue tratarla como a una muchacha decente y no como lo que es.

—Oye, no te ha hecho nada, no tienes por

qué hablar así de ella.

—Ah, mira nomás. Después de que te pone los cuernos y te usa como su trapeador todavía la defiendes. Ay mi hijito, qué bueno o qué tonto eres. Ojalá todos fueran como tú. Por eso es que me gustas, por eso... Pero tú no quieres hacerme caso...

—Es que... no sé en realidad si... no, mejor deja que pasen los exámenes: tengo mucho que estudiar. En cuanto salga de todo esto te hablo.

—¿Y ahorita por qué no?

—Mis papás me esperan a comer en "La Parroquia". Además tú tienes que regresar a la farmacia.

—Por mí no te preocupes, yo me arreglo.

—Mejor nos vemos la semana que entra ¿sí? Pero, te lo ruego, no le vayas a decir a Durán.

—Cálmate, no va a saber ni jota. Además ya estoy harta de Durán. No sé cómo quitármelo de encima. Es una lata espantosa y ni que fuera la gran maravilla. Puro hablador, eso es lo que es.

Antes de que otra cosa sucediera pagué la cuenta, me despedí, insistiendo en que mis padres me esperaban, y le juré a Candelaria que la iría a buscar a su casa. En vez de contentarme la plática me entristeció. Qué injusto es todo: la que quiero me rechaza y rechazo a la que me quiere. Tal vez me engaño al suponer esto. ¿Será verdad lo que dice Candelaria? ¿No querrá simplemente utilizarme para fregar a Durán?

*

Desde hace tiempo no escribo nada pero ahora me voy a desquitar por todos los días que dejé en blanco. Acaba de pasarme algo terrible. Será mejor que haga el esfuerzo de contarlo más o menos en orden. Como mañana no hay clases y mis calificaciones han mejorado bastante, pedí permiso para ir a la función de lucha libre. Me dejaron, siempre y cuando me acompañara Durán. Esto me salvó, quién lo iba a decir.

Alcanzamos a comprar boletos de quinta fila en reventa. Las preliminares fueron aburridísimas, con luchadores casi desconocidos. En la estelar se enfrentaron Bill Montenegro, que es mi ídolo, y El Verdugo Rojo, al que más odio entre todos los villanos.

A pesar de que el réferi estaba en contra suya, Bill dominó a lo largo de la primera caída y la ganó aplicando unas patadas voladoras perfectas y luego una doble Nelson.

En la segunda el Verdugo empleó a fondo sus marrullerías y le dio una patiza a Montenegro. Ya para la tercera y última caída todo el público estaba en contra del rudo, excepto Durán que tomó esta actitud —según creo— sólo para molestarme.

Montenegro cayó fuera de la lona y se golpeó en la cabeza. El Verdugo lo subió tomándolo de los cabellos, lo agarró en candado e hizo chocar a Montenegro contra los postes del ring hasta que le abrió la frente. Bañado en sangre, Bill reaccionó y con una combinación de topes y tijeras se vengó de su rival echándolo a su vez de las cuerdas. Cambiaron golpes en el pasillo muy cerca de mí. El árbitro los obligó a volver porque ya el público quería entrar en defensa de Montenegro.

La vuelta al cuadrilátero fue la perdición de Bill. El enmascarado lo estrelló de nuevo contra los postes para ahondarle la herida. Yo estaba furioso de verlo sangrar y, como el réferi no hacía ningún caso de los gritos, aventé un elote que me estaba comiendo y le di en la cabeza al Verdugo Rojo.

Me aplaudió la gente que se dio cuenta. Pero el villano tomó el elote y empezó a picarle los ojos a Bill, tan fuerte que de milagro no se los sacó. Los mismos que habían aplaudido me insultaron y la cosa empeoró cuando el Verdugo puso fuera de combate a Bill mediante una quebradora.

Llovieron almohadas y vasos de cartón contra el Verdugo. Se llevaron a Montenegro casi muerto hacia la enfermería. Entonces unos tipos se acercaron a pegarme, gritando que yo era el culpable de la derrota. Serían como veinte y parecían dispuestos al linchamiento. Me dio terror verlos. Cuando ya hasta habían roto sillas, Durán sacó la pistola y gritó:

—Lo que quieran con él, conmigo, hijos de la chingada.

No sé qué hubiera pasado si no llegan los policías abriéndose paso en medio de la bola. Durán se identificó, explicó la situación, dijo quién era yo o mejor dicho quién era mi papá. Y salimos, entre miradas de odio, custodiados por los gendarmes.

Al subirnos al yip Durán les dio cincuenta pesos y me aclaró:

—Luego me los pagas. El caso es que el jefe no se entere de esto. —Y me vino diciendo que era una soberana pendejada lo que hice, que primero está uno y nunca hay que tomar partido por nadie. No le contesté porque entonces apenas comenzaba a sentir el susto. Qué noche.

*

Escribo por última vez en este cuaderno. Francamente no tiene objeto conservar puros desastres. Pero lo guardaré para leerlo dentro de muchos años. Ojalá pueda reírme entonces de todo lo que ha pasado. Lo de hoy me pareció tan increíble y me dolió tanto que siento como una especie de anestesia y veo las cosas como si estuvieran detrás de un vidrio.

Yo solo, cuándo no, fui a buscar la catástrofe. Ya que no había clases, no sé cómo ni por qué se me ocurrió ir a Mocambo. Sin nadie, pues no tengo amigos en la escuela, hoy era el día libre de Durán y, como mi papá se quedó en casa durmiendo, le prestó el yip. No pude conseguir el coche grande pues mi mamá, la Nena y Maricarmen se fueron a Tlacotalpan a un festival para los niños pobres.

Subí al camión en Villa del Mar y me tocó del lado del sol. Hacía un calor espantoso y al bajarme fui a tomar un refresco en un puesto de la playa. Me senté, pedí una coca con nieve de limón y me puse a terminar *La hora veinticinco* (cuando voy solo a alguna parte siempre llevo un libro o una revista).

Estaba tan interesante mi lectura que ni cuenta me di del relajo que se traían dos tipos sentados a la mesa de enfrente. Habían bebido como cien cubaslibres y se decían cosas de borracho, abrazándose. Al levantar la vista me quedé paralizado: eran Bill Montenegro y El Verdugo Rojo (sin máscara pero lo reconocí por la musculatura). ¿De modo que en realidad la lucha libre es mentira y los enemigos mortales del ring son grandes cuates en la vida privada?

No se molestaron en volverse a ver al pendejo que estuvo a punto de morir por culpa suya. Me dieron ganas de reclamarle a Montenegro: ya estaban para caerse y me hubieran matado si los insulto.

Salí del puesto con la decisión de no ver jamás otra pachanga semejante y de no comprar ya nunca revistas deportivas. Pero faltaba lo mejor todavía. Fui hasta los pinos para dejar mi ropa y mi libro antes de meterme al agua. Me estaba quitando los pantalones cuando pasaron a mi lado, en traje de baño y agarraditos de la mano, Ana Luisa y Durán.

Siguieron adelante sin verme. Cerca de la orilla Ana Luisa se tendió en la arena y Durán, exhibiéndose a la vista de todo el mundo, se puso a untarle bronceador en las piernas y en la espalda y aprovechó el viaje para darle besitos en el cuello y la boca.

Yo temblaba sin poder dar un paso. No creía en lo que estaba viendo. Me parecía el final de una mala película o de una pesadilla. Porque en la tierra no pueden pasar tantas cosas o cuando menos no pueden suceder al mismo tiempo. Era demasiado y sin embargo era completamente cierto. Allí, a unos pasos, estaban Ana Luisa y Durán, cachondeándose en público, y más atrás en el puesto Bill Montenegro y El Verdugo Rojo.

Debía irme. Si no al susto y a la decepción se iba a unir el ridículo. Irme: ¿qué otra cosa podía hacer? ¿Pelearme con Durán, sabiendo que me acabaría en un dos por tres? Reclamarle a Ana Luisa era imposible: me dijo muy claro que ya no quería nada conmigo. Al decirlo quedó libre. ¿Cómo sentirme traicionado por ella, por Durán, por Montenegro? Ana Luisa no me pidió que la enamorara ni Montenegro que lo "defendiera" del Verdugo Rojo. Nadie tiene la culpa de que yo ignorara que todo es una farsa y un teatrito.

Me decía todo esto interiormente para darme ánimos. Porque nunca en mi vida me sentí tan mal, tan humillado, tan cobarde, tan estúpido. Pensé en una venganza inmediata. Con mis últimos diez pesos tomé un coche y me fui a casa de Candelaria.

Toqué a la puerta, a mano limpia porque no hay timbre. Nadie salía. Ya me iba cuando de pronto se abrió un postigo y vi la cabeza de un bigotón malencarado, sudoroso y con el pelo revuelto —el tipo que se supone es su padrastro— que me gritó de la peor manera:

—¿Qué se le ofrece, jovencito?

Y yo de imbécil que todavía pregunto:

—Perdone... ¿está Candelaria?

—No, no está. ¿Pa'qué la quiere?

—Ah, no, para nada. Disculpe... Es decir, sí, ...es que... mire usted, le traía un recado de Durán... de su novio. Bueno, no importa, le hablo mañana a la farmacia.

El bigotón cerró furioso el postigo y toda la puerta se cimbró. Qué metida de pata mi supuesta venganza. Pensé que si hoy seguía en la calle me iba a aplastar un aerolito, ahogarme un maremoto o cualquier cosa así. Me vine a pie hasta la casa, con ganas de llorar pero aguantándome, con ganas de mandarlo todo a la chingada, y dispuesto a escribirlo y a guardarlo para después, a ver si un día me llega a parecer cómico lo que ahora es tan trágico... Pero quién sabe. Si, en opinión de mi mamá, esta que vivo es "la etapa más feliz de la vida", cómo estarán las otras, carajo.

LA ZARPA

Padre, las cosas que habrá oído en el confesionario y aquí en la sacristía... Claro, usted es joven, es hombre y le será difícil entenderme. De verdad, créame, no sabe cuánto me apena quitarle el tiempo con mis problemas, pero a quién si no a usted puedo confiarme ¿verdad?

No sé cómo empezar. Es decir, ¿cómo se llama el pecado de alegrarse del mal ajeno? Todos lo cometemos ¿no es cierto? Fíjese usted cuando hay un accidente, un crimen, un incendio, la alegría que sienten los demás al ver que no fue para ellos alguna de las desdichas que hay en el mundo...

Bueno, verá, usted no es de aquí, Padre; usted no conoció a México cuando era. una ciudad chica, preciosa, muy cómoda, no la monstruosidad tan terrible de ahora. Entonces una nacía y moría en la misma colonia sin cambiarse nunca de barrio. Una era de San Rafael, de Santa María, de la Roma. Había cosas que ya jamás habrá...

Perdone, le estoy quitando el tiempo. Es que no tengo con quién hablar y cuando hablo... Ay Padre, si supiera, qué pena, nunca me había atrevido a contarle esto a nadie, ni a usted; pero ya estoy aquí y después me sentiré más tranquila.

Mire, Rosalba y yo nacimos en edificios de la misma cuadra y con pocos meses de diferencia. Nuestras madres eran muy amigas. Nos llevaban juntas a la Alameda, juntas nos enseñaron a hablar y a caminar... Mi primer recuerdo de Rosalba es de cuando entramos en la escuela de parvulitos. Desde entonces ella fue la más linda, la más graciosa, la más inteligente. Le caía bien a todos, era buena con todos. En primaria y secundaria lo mismo: la mejor alumna, la que llevaba la bandera, la que salía bailando, actuando o recitando en todos los festivales de la escuela. Y no le costaba trabajo estudiar, le bastaba oír una vez algo para aprendérselo de memoria.

Ay Padre ¿por qué las cosas estarán tan mal repartidas, por qué a Rosalba le tocó todo lo bueno y a mí todo lo malo? Fea, bruta, gorda, pesada, antipática, grosera, malgeniosa, en fin...

Ya se imaginará usted lo que nos pasó al entrar en la Preparatoria cuando casi ninguna llegaba hasta esos estudios. Todos querían ser novios de Rosalba; a mí ni quién me echara un lazo, nadie se iba a fijar en la amiga fea de la muchacha guapa.

En un periodiquito estudiantil publicaron —sin firma, pero yo sé quién fue y no se lo voy a perdonar nunca aunque ahora sea muy famoso y muy importante—: "Dicen las malas lenguas de la Prepa que Rosalba anda por todas partes con Zenobia para que el contraste haga resplandecer aún más su belleza extraordinaria, única, incomparable."

¿Qué injusticia ¿no cree? Nadie escoge su cara y si una nace fea por fuera la gente se la arregla para que también se vaya haciendo fea por dentro.

A los quince años, Padre, ya estaba amargada, odiaba a mi mejor amiga y no podía demostrarlo porque ella era siempre amable, buena, cariñosa, y cuando me quejaba de mi fealdad me decía: "Pero qué tonta, cómo puedes creerte fea con esos ojos y esa sonrisa tan bonita que tienes."

Era sólo la juventud, Padre. A esa edad no hay nadie que no tenga una gracia. Mi mamá se había dado cuenta desde mucho antes y trataba de consolarme diciendo cuánto sufren las mujeres hermosas y qué fácilmente se pierden. . .

Aún no terminábamos la prepa —yo quería estudiar leyes; ser abogada, aunque entonces daba risa que una mujer anduviera metida en trabajos de hombre— cuando Rosalba se casó con un muchacho bien de la colonia Juárez al que había conocido en una kermés.

Mientras ella se fue a vivir a la avenida Chapultepec en una casa preciosa que hace tiempo tiraron, yo me quedé arrumbada en el mismo departamento donde nací, en las calles de Pino. Para entonces mi mamá ya había muerto, mi padre estaba ciego por sus vicios de juventud y mi hermano era un borracho que tocaba la guitarra, hacía canciones y quería ser rico y famoso como Agustín Lara...

Tanta ilusión que tuve y ya ve, me vi obligada a trabajar desde muy chica, en "El Palacio de Hierro" primero y luego de secretaria en Hacienda y Crédito Público, cuando murió mi padre y al poco tiempo mataron a mi hermano en un pleito de cantina...

Rosalba, claro, me invitó a su casa pero nunca fui. Pasó mucho tiempo y un día llegó a la sección de ropa íntima donde yo trabajaba y me saludó como si nada, como si no hubiéramos dejado de vernos, y me presentó a su nuevo esposo, un extranjero que apenas entendía el español.

Estaba, aunque no lo crea, más linda y elegante, en plenitud como suele decirse. Me sentí tan mal, Padre, que me hubiese gustado verla caer muerta a mis pies. Y lo peor lo más doloroso, era que Rosalba seguía tan amable, tan sencilla de trato como siempre.

Le dije que la visitaría en su nueva casa, ahora en Las Lomas. No lo hice nunca. Por las noches rogaba a Dios no volver a encontrármela. Todas nuestras amigas se habían casado y comenzaban a irse de Santa María. Las que se quedaron ya estaban gordas, llenas de hijos, con maridos que les gritaban y les pegaban y se iban de juerga con mujeres de ésas.

Para vivir así, Padre, mejor no casarse. Y no me casé aunque oportunidades no me faltaron, pues para todo hay gustos y siempre por más amolados que estemos viene alguien a nuestra espalda recogiendo lo que tiramos ¿verdad?

Se fueron los años y ya sería época de Alemán o Ruiz Cortines cuando una noche en que estaba esperando mi camión en el centro y llovía a mares la vi en su gran automóvil, con chofer de uniforme y toda la cosa. Hubo un alto, Rosalba me descubrió entre la gente y me invitó a subir.

Rosalba se había casado por cuarta vez, aunque parezca increíble, y a pesar de tanto tiempo, gracias a sus esmeros, seguía siendo la misma: su cara fresca de muchacha, sus ojos verdes, sus hoyuelos, sus dientes perfectos. . .

Me reclamó que no la buscara nunca, aunque ella me mandaba cada año tarjetas de Navidad, y me dijo que el próximo domingo no me escapaba, mandaría por mí al chofer para llevarme a almorzar a su casa.

Cuando llegamos, por cortesía la invité a pasar. Y aceptó, Padre, imagínese, aceptó. Ya se figurará la pena que me dio mostrarle mi departamento a ella que vivía entre tantos lujos y comodidades. Por limpio y arreglado que lo tuviera aquello seguía siendo el cuchitril que conoció Rosalba cuando andaba también de pobretona. Todo tan viejo y miserable que me dieron ganas de llorar de humillación, celos y rabia.

Rosalba se puso triste. Hicimos recuerdos de cuando éramos niñas. Por eso, Padre, y fíjese en quién se lo dice, no debiéramos envidiar a nadie, porque nadie se escapa de algo, de cualquier cosa mala. Rosalba no podía tener hijos y los hombres la ilusionaban un ratito para luego decepcionarla y hacerla buscar otro nuevo. Imagínese, tantos y tantos que la rodeaban, que la asediaron siempre, lo mismo en Santa María que en esos lugares ricos y elegantes que conoció después. . .

Bueno, se quedó poco tiempo; iba a una fiesta y tenía que vestirse. El domingo se presentó el chofer. Lo espié por la ventana y no le abrí. Qué iba a hacer yo, la fea, la quedada, la solterona, la empleadilla, en ese ambiente de riqueza. Para qué exponerme a ser comparada otra vez con Rosalba. No seré nadie pero tengo mi orgullo, Padre.

Ay, ese encuentro se me grabó en el alma. No podía ir yo al cine, ver la televisión, hojear revistas porque siempre veía mujeres hermosas con los mismos rasgos de Rosalba. Así, cuando en mi trabajo me tocaba atender a alguna muchacha que se le pareciera en algo, la trataba mal, le inventaba dificultades, buscaba formas de humillarla delante de los otros empleados para sentir que me vengaba de Rosalba.

Usted me preguntará, Padre, qué me hizo Rosalba. Nada, lo que se llama nada. Eso era lo peor y lo que más furia me daba. Es decir, siempre fue buena y cariñosa conmigo; pero me hundió, me arruinó la vida, sólo por ser, por existir, tan bonita, tan rica, tan todo. . .

Yo sé lo que es estar en el infierno, Padre. Y sin embargo no hay plazo que no se cumpla ni deuda que no se pague. Eso último que le conté, ese encuentro, pasó hace veinte años o más, no puedo acordarme. . .

Pero hoy, Padre, esta mañana, la vi en la esquina de Madero y Palma, de lejos primero, luego muy de cerca. No puede imaginarse, Padre: ese cuerpo maravilloso, esa cara, esas piernas, esos ojos, ese pelo color caoba, se perdieron para siempre en un barril de manteca, bolsas, arrugas, papadas, manchas, várices, canas, maquillajes, colorete, rímel, pestañas postizas. . .

Me apresuré a besarla y abrazarla, Padre. Se había acabado ya todo lo que nos separó. No importaba lo de antes y ya nunca más seríamos una la fea y otra la bonita. Ahora por fin Rosalba y yo somos iguales. Ahora la vejez nos ha hecho iguales.

LA FIESTA BRAVA

SE GRATIFICARÁ

AL TAXISTA o a cualquier persona que informe del paradero del señor ANDRÉS QUINTANA cuya fotografía aparece al margen, extraviado el martes 5, en el trayecto de la Avenida Juárez a las calles de Tonalá en la Colonia Roma hacia las 23:30 horas, y cuyo paradero se desconoce hasta la fecha. Cualquier informe a los siguientes teléfonos: 511-92-03 y 533-12-50

LA FIESTA BRAVA
un cuento de ANDRES QUINTANA

La tierra parece ascender, los
arrozales flotan en el aire, se
agrandan los árboles comidos por
los defoliadores, bajo el estruen
do concéntrico de las aspas el he-
licóptero aterriza verticalmente,
otros quince se posan en los alre-
dedores, y usted, metralleta en mano, salta, dispara y ordena disparar contra todo, todo lo que se
mueve y aún lo inmóvil, no quedará
bambú sobre bambú, no quedará ningún sobreviviente, no habrá testi-
gos de lo que fue una aldea,

mano, bala, cuchillo, bayoneta,
lanzallamas, granada, culata —
todo se ha vuelto instrumento de
muerte, y cuando vuelven a los he-
licópteros, usted, capitán Keller,
siente la paz del deber cumplido,
arden entre las ruinas cadáveres de
ancianos, niños, mujeres violadas,

torturadas, no había ya un solo
guerrillero en la aldea o bien, como usted dice, todos los poblado-
res eran guerrilleros, los cuerpos
mutilados, quemados, deshechos conocen los mecanismos de la descomposición mientras ustedes vuelan
de regreso sin una baja, con un
sentimiento opuesto al asco y al
horror de los primeros combates,

qué lejos se halla ahora de todo
eso, capitán Keller, cuando, pen-
sión de veterano, camisa verde, Rolleiflex, pipa de espuma de mar, us_
ted atiende a las explicaciones de
la muchacha que describe en inglés
cómo fue hallada la tumba del Templo
de las Inscripciones, usted se en-
cuentra en la Sala Maya en el Museo
de Antropología, a miles de kilómetros de aquel infierno que usted
contribuyó a desatar para que enve-
nenara al mundo entero,

usted contempla todo con el asombro
obligatorio y la fácil admiración
de quien visita un museo que es par-

te de un itinerario inevitable, en
realidad nada le ha impresionado,
las mejores piezas las había visto
en reproducciones, claro, en presencia son distintas pero de cualquier modo no le producen mayor emo-
ción los vestigios de un mundo ani-
quilado a manos de un imperio que
fue tan poderoso como el suyo, capitán Keller,

pero salen, atraviesan el patio, el
viento trae gotas de agua de la
fuente, entran en la sala Meshica,
aquí, dice la guía, está casi todo
lo que sobrevivió a la destrucción
de México-Tenochtitlan, apenas un
reducido tanto por ciento de lo que
se calcula produjeron los artistas
aztecas, la violencia inmóvil de
esa escultura provoca en usted una
respuesta que no lograron arran-
carle la fineza y la abundancia or-
namental del arte maya,

inopinadamente surge el acre mono-
lito en que un escultor sin nombre
fijó como quien petrifica una obse

sión la imagen sagrada de la Coatlicue, usted se queda imantado por ella, imantado no hay otra palabra, suspenderá los tours de jueves, viernes y sábado para volver cada mañana al Museo, sentarse allí frente a la diosa de un cielo infernal y reconocer en ella algo que usted ha intuido siempre, capitán,

tanta insistencia ha provocado sospecha entre los cuidadores, para justificarse, para disimular esa fascinación aberrante, usted se compró un block y empezó a dibujar a Coatlicue en todos sus detalles, usted que no había trazado el menor esbozo desde que salió de la high school,

el domingo aparecerá un principio de resistencia, en vez de regresar al Museo usted pasará la mañana en los mercados y por la tarde se inscribirá en la excursión Fiesta Brava junto con los amigos de otros tours que le preguntarán por qué no estuvo con ellos en Xochimilco,

Puebla, Teotihuacan, en dónde se
ha metido usted durante estos días,

responderá, estoy dibujando las me
jores piezas, y ellos, para qué,
puede comprar libros, postales, sli
des, reproducciones en miniatura,
siguen conversando, ya en la Plaza
México, suena el clarín, aparecen
en la arena los matadores y sus cua-
drillas, sale el primer toro, lo
capotean, pican, banderillean y
matan, surge el segundo, usted se
horroriza del espectáculo, salva-
jes mexicanos, cómo se puede tor-
turar así a los animales, qué país,
esto explica su atraso, su miseria,
su servilismo, su agresividad,
abandona la fiesta brava, regresa
al Museo, vuelve a contemplar a la
diosa, a seguir dibujándola el poco tiempo que aún estará abierta la
sala,

cierran las puertas, usted cruza
la calle y espera un taxi en la acera
del lago, el hombre que vende helados empuja su carrito de metal, se

acerca y dice, señor, dispense, a usted le interesa mucho todo lo azteca ¿verdad?, ¿quiere ver algo que no olvidará nunca?, no se preocupe, no le costará un solo centavo, usted en su difícil español responde, qué es, de qué se trata,

no puedo decirle ahora, señor, pero estoy seguro de que le interesará, todo lo que tiene que hacer es subirse al último carro del último Metro la noche del martes en la estación Insurgentes, el tren se parará entre Isabel la Católica y Pino Suárez, baje usted y camino por el túnel hacia el oriente hasta encontrar una luz verde, allí lo estaré esperando,

el vendedor detendrá un taxi, le dará el nombre de su hotel y casi lo empujará a usted hacia el interior del coche, en el camino ha pensado que fue una broma, un estúpido juego mexicano para tomar el pelo a los turistas, luego modificará su opinión, capitán Keller,

y el martes por la noche, camisa
verde, Rolleiflex, pipa de espuma
de mar, estará en Insurgentes aguar
dando que los magnavoces anuncien
el último viaje, luego subirá al
carro final con dos o tres obreros
que vuelven a su casa en Ciudad
Nezahualcóyotl, verá pasar las es-
taciones, se detendrá el convoy,
usted bajará a la mitad del túnel
ante la sorpresa de los pasajeros,
caminará hacia la única luz que con-
tinúa encendida tras el paso del
Metro, la luz verde, la camisa ama-
rilla brillando fantasmal bajo la
luz verde, el hombre que vende helados enfrente del Museo,

ahora los dos se adentran por una
galería de piedra, abierta a juzgar
por las filtraciones y el olor a
cieno en el lecho del lago muerto
sobre el cual se levanta la ciudad,
usted pone un flash en su cámara, el
hombre lo detiene, no, no gaste sus
fotos, pronto tendrá mucho que re-
tratar,

el pasadizo se alumbra con hachones de una madera aromática, usted pregunta su nombre, le responden, ocote, luego interroga ¿para qué me ha traído aquí?, para ver la Piedra Pintada, la más grande escultura azteca, la que conmemora los triunfos de Ahuizotl y no pudieron encontrar durante las excavaciones del Metro, usted será el primer blanco que la vea desde que los españoles la sepultaron en el lodo para que no recordara a los vencidos su pasada grandeza, para que se sometieran mejor al hierro de marcar, al látigo, a los trabajos forzados, para que perdieran la memoria, el orgullo por su tierra, el respeto hacia ellos mismos y pudieran ser convertidos en bestias de trabajo y de carga,

aunque comprende a medias, el lenguaje del hombre lo sorprende, capitán Keller, los ojos de su interlocutor parecen resplandecer en la semipenumbra, usted los ha visto antes, ¿en dónde?, ojos oblicuos

aunque en otra forma, el Nuevo
Mundo también es asiático, pero no
tiene miedo, la escuadra automática
reposa en su bolsillo,

usted espera ver una ciudad subte-
rránea que reproduzca al detalle la
Tenochtitlan que aparece en las ma-
quetas del Museo, no hay nada seme
jante, sólo de trecho en trecho,
ruinas, fragmentos de adoratorios
y moradas aztecas que se emplearon
hace cuatro siglos como base y re-
lleno de la nueva capital española,

el olor a fango se hace más fuerte,
usted comienza a estornudar, se ha
resfriado por la humedad, me voy de
aquí, le dice a su acompañante, es-
pere, ya vamos a llegar, insiste,
casi deletreando, quiero salir de
aquí ahora mismo, da órdenes, un
inferior tiene que obedecerlas, y
en efecto el otro contesta, ya pron
to llegaremos a una salida,

a unos cincuenta o sesenta pasos le
muestra una puerta, la abre y pa-

se usted, dice, y usted entra sin
pensarlo dos veces, un segundo des_
pués se halla encerrado en una cámara de piedra sin más.iluminación
ni ventilación que la producida por
una abertura de forma indescifra-
ble, ¿el glifo del viento, el glifo
de la muerte?

a diferencia del túnel, aquí el sue_
lo es firme y parejo, en un rincón
hay una estera, usted se tiende en
ella pero no duerme, saca la pistola, apunta hacia la puerta, todo es
tan irreal, parece tan ilógico que
usted no alcanza a ordenar las im-
presiones recibidas,

pero lo adormecen la fatiga, el olor
a légamo, el ritmo de conversacio-
nes remotas en un idioma desconoci-
do, los pasos en el húmedo corredor
subterráneo, cuando al fin entre-
abre los ojos comprende, anoche no
debió haber cenado esa atroz comida
mexicana, ha tenido un sueño idiota
que estuvo a punto de transformar-
se en pesadilla, cómo el inconscien

te puede saquear lo real, el Metro,
el vendedor de helados, el Museo, y
darle un orden o un desorden distinto,

qué descanso hallarse despierto en
este cuarto del Holiday Inn, ¿habrá
gritado en el sueño?, menos mal que
no fue el otro, obsesivo, el de los
vietnamitas que salen de las tumbas
en las mismas condiciones en que
usted los dejó pero agravadas por
la corrupción, menos mal,

se pregunta a sí mismo la hora, ex-
tiende la mano, la mano se mueve en
el vacío tratando de alcanzar la
lámpara, no está, se llevaron la
mesa, usted se levanta para encen-
der la luz central de su habitación,

entonces irrumpen en la celda los
hombres que lo llevarán a la gran
piedra circular acanalada en uno de
los templos gemelos, le abrirán el
pecho de un tajo, le arrancarán el
corazón (abajo danzan, abajo tocan
su música tristísima) para ofrecer

lo como alimento sagrado al dios-jaguar, al sol que viajó por las selvas de la noche y que ahora (mientras su cuerpo, capitán Keller, su cuerpo deshilvanado rueda ensangrentando la escalinata), ya brilla, ya renace en México-Tenochtitlan, eterno, invicto entre los dos volcanes.

Andrés Quintana miró la hoja de papel Revolución que acababa de introducir en la Smith-Corona. Escribió entre guiones el número 78 y se volvió hacia la izquierda para leer la página de *The Population Bomb*. Lo distrajo un grito:

—Efe Be I: Arriba las manos, no se mueva—

en el televisor a todo volumen del departamento contiguo. Enfrente los muchachos que formaban un conjunto de rock atacaron el mismo pasaje ensayado desde las cuatro de la tarde:

Where's your momma gone
Where's your momma gone
Little baby don
Little baby don
Little baby don
Where's your momma gone
Where's your momma gone
Far, far away.

Se puso de pie, cerró la ventana abierta sobre el lúgubre patio interior, volvió a sentarse y releyó:

SCENARIO II. In 1979 the last non-Communist government in Latin America, that of Mexico, is replaced by a Chinese-supported military junta. The change occurs at the end of a decade of frustration and failure for the United States. Famine has swept repeatedly across Asia, Africa and South America. Food riots have often become anti-American riots.

Meditó sobre el término que traduciría mejor la palabra *scenario*. Consultó la sección English/Spanish del *New World*. "Libreto, guión, argumento." No en este contexto. ¿Tal vez "posibilidad, hipótesis"? Dejó un espacio en blanco. Releyó la primera frase y con el índice de su mano izquierda (un accidente infantil le había paralizado la derecha) escribió rápidamente:

En 1979 el gobierno de México (¿el gobierno mexicano?), último no-comunista que quedaba en Latinoamérica (¿América Latina?) es remplazado (¿derrocado?) por una junta militar apoyada por China. (¿con apoyo chino?)

Al terminar leyó su párrafo en voz alta:

—"que quedaba", suena horrible. Hay dos "pores" seguidos. E "ina-ina". Qué prosa. Cada vez traduzco peor—. Sacó la hoja y la prensó contra la mesa bajo el antebrazo derecho para desgarrarla con el índice y el pulgar de la mano izquierda. Sonó el teléfono.

—Diga.

—Disculpe ¿podría hablar con el señor Quintana?

—Sí, soy yo.

—Ah, quihúbole Andrés, cómo estás, qué me cuentas.

—Perdón... ¿quién habla?

—¿No me reconoces? Claro, hace siglos que no conversamos. Soy Arbeláez, dándote lata como siempre.

—Ricardo, hombre, qué gusto. ¿A qué se debe el milagro?

—Pues ando embarcado en un proyecto padrísimo y quiero ver si cuento contigo.

—Sí cómo no ¿de qué se trata?

—Mira, es cuestión de reunirnos y echar una platicada. Pero te adelanto algo a ver si te animas. Vamos a sacar una revista como no hay otra en Mexiquito. Aunque siempre es difícil calcular estas cosas, creo que será un éxito sensacional.

—¿Una revista literaria?

—Sí, en parte. Se trata de hacer una especie de *Esquire* hispanoamericano. Mejor dicho, una mezcla de *Esquire, Playboy, Penthouse, The New Yorker,* pero con una proyección *latina.*

—Ah pues muy bien.

—¿Verdad que es buena onda el proyecto? Hay dinero, anunciantes, distribución, equipo: todo. Imprimiremos en Panamá, metiéndole publicidad distinta para cada región. Tendremos reportajes, crónicas, entrevistas, secciones fijas, dos o tres desnudos por supuesto, y también queremos publicar un cuento inédito en cada número.

—Me parece estupendo.

—Para el primero se había pensado en comprarle uno a *Gabo*... pero insistí en que debíamos lanzar con proyección continental a un autor mexicano, ya que la revista se hace aquí en Mexiquito, tiene ese defecto, ni modo. Naturalmente, pensé en ti, maestrísimo, a ver si nos haces el honor.

—Gracias, de veras muchas gracias.

—Entonces ¿aceptas?

—Hombre sí, claro... lo que pasa es... es que no tengo ningún cuento nuevo: hace tiempo que no escribo.

—¿Y eso?

—Pues... problemas, chamba, en fin, lo de siempre

—Mira, siéntate a pensar tu cuento ahora mismo y cuando esté me lo traes. Supongo que no tardarás mucho. Queremos sacar el primer número cuanto antes.

—Pero...

—Oye, debo decirte que se trata de pagar bien el trabajo literario. A nivel internacional no es gran cosa pero en base a lo que suele pagarse en Mexiquito es una fortuna... He pedido para ti seis mil pesos.

—¿Seis mil pesos por un cuento?

—No está nada mal ¿verdad? De modo, mi querido maestro, que te me vas poniendo a escribir. Toma mis datos por favor.

Andrés apuntó la dirección y el teléfono en la esquina superior derecha de un periódico en que se leía:

HAY QUE FORTALECER EL SITIO PRIVILEGIADO QUE MEXICO TIENE DENTRO DEL TURISMO MUNDIAL

Abundó en expresiones de gratitud hacia Ricardo. Se despidió. No quiso continuar la traducción. Esperaba la llegada de Hilda para contarle del milagro.

Su mujer se asombró al no hallarlo quejumbroso y desesperado como de costumbre. Ante tal entusiasmo no hizo intentos de disuadirlo, aunque a Hilda la tentativa de iniciar y terminar el cuento en una sola noche la parecía excesivamente ambiciosa.

Cuando Hilda se fue a dormir Andrés tomó asiento ante la máquina. Llevaba años sin trabajar de noche con el pretexto de que haciéndolo molestaría a sus vecinos. En realidad tenía mucho tiempo sin escribir nada que no fueran traducciones y prosas burocráticas. De niño Andrés halló su vocación de cuentista y decidió convertirse en escritor y entregarse a este solo género. Adolescente, su biblioteca estaba formada en su mayor parte de colecciones de cuentos. Contra la dispersión de sus amigos, él se enorgullecía de casi no leer versos, ensayos, novelas, dramas, libros políticos, y frecuentar en cambio los grandes cuentos que se habían escrito en el mundo.

Pero su padre quería heredarle su despacho y lo obligó a estudiar arquitectura. Andrés se inscribió y fingió asistir a clases. En cambio, iba como oyente a Filosofía y Letras, donde se relacionó con el grupo de Arbeláez que editaba la revista *Trinchera*.

A diferencia de Andrés, Ricardo escribía poco: su obra se limitaba a editoriales en defensa del Movimiento ferrocarrilero y la Revolución cubana y reseñas virulentas contra los libros de moda. No obstante, proyectaba una "gran novela" que, en sus propias palabras, sería para los burgueses de México lo que *A la recherche du temps perdu* fue para los de Francia.

Poco antes de que la guerra literaria y las diferencias políticas escindieran al grupo, Andrés conoció a Hilda que entonces tenía diecisiete años y siempre estaba al lado de Ricardo. Se enamoraron, hablaron valientemente a Arbeláez y decidieron casarse. Andrés no olvidaría nunca esa tarde del 28 de marzo de 1959 en que Hilda aceptó su oferta de matrimonio, Demetrio Vallejo fue aprehendido y el ejército y la policía iniciaron la ocupación de los locales ferrocarrileros.

Los padres le dijeron a Andrés que hacía mal interrumpiendo sus estudios ya que como escritor no iba a poder vivir. Con todo, no se opusieron al casamiento y le obsequiaron alguna cantidad para sobrevivir los meses iniciales. Andrés, que aún seguía escribiendo todas las noches, trató de abrirse paso como guionista del cine nacional y colaborador literario de los periódicos. A fines de 1960 el proyecto de vivir de su pluma había fracasado, Hilda había perdido a su primer y único hijo, y más tarde salieron de la casita de Coyoacán para alquilar un sombrío departamento interior en las calles de Tonalá.

Luego Hilda entró a trabajar en la *boutique* de su hermana en la Zona Rosa y Andrés, que había estudiado año y medio en el Instituto Mexicano-Norteamericano de Relaciones Culturales, consiguió empleo de traductor en una casa especializada en libros que fomentaran el panamericanismo y la Alianza para el progreso. Cuando la inflación pulverizó su frágil presupuesto, las buenas amistades de su padre obtuvieron para Andrés la plaza de corrector de estilo en la Secretaría de Obras Públicas.

En los primeros años de su matrimonio Andrés publicó su único libro: *Fabulaciones*. Vendió 127 ejemplares —la edición era de 2 000— y obtuvo una sola reseña (favorable) escrita por Ricardo, quien jamás había vuelto a ver a la pareja. Poco después las revistas mexicanas dejaron de publicar cuentos y el auge de la novela hizo que ya muy pocos se interesaran en escribirlos. Andrés concursó en vano por dos becas. Se desalentó, fue posponiendo indefinidamente su proyecto de una nueva serie de relatos.

Después de todo —le decía a Hilda por las noches— mi vocación era escribir y de un modo u otro la estoy cumpliendo/

al fin y al cabo las traducciones, los folletos y aun los oficios burocráticos pueden estar tan bien escritos como un cuento ¿verdad?/

sólo por un concepto elitista y arcaico se puede creer que lo único válido es la llamada literatura de creación ¿no te parece?/

además no quiero competir con los escritorzuelos mexicanos inflados por la publicidad; noveluchas como ésas yo podría hacerlas de a diez por año ¿no crees?/

Sin embargo ahora iba a recibir seis mil pesos por un cuento: lo que ganaba en meses de tardes enteras frente a la máquina, traduciendo lo que él llamaba *ilegibros*. Podría pagar sus deudas de oficina, adquirir tantas cosas que le faltaban, irse de vacaciones, comer en restaurantes. Por seis mil pesos, en fin, había recuperado su extinta vocación literaria y dejaba atrás los pretextos que ocultaban su fracaso esencial:

en el subdesarrollo no se puede ser escritor/

el libro ha muerto: ahora lo que me interesa son los *mass-media*/

bueno, cuando se trata de escribir todo sirve, no hay trabajo perdido; de mi experiencia burocrática, ya verás, saldrán cosas/

qué culpa tengo yo de haber nacido en este país de mierda y pertenecer a una generación de imbéciles y castrados/

mira, cuando estén hechos polvo todos los libros que hoy tienen éxito en México alguien leerá *Fabulaciones* y entonces/

Con el índice de su mano izquierda empezó a escribir sin detenerse. Nunca antes lo hizo con tanta fluidez. A las cinco de la mañana se fue a dormir, sintiendo una plenitud desconocida. Se había fumado una cajetilla de *Viceroy* y bebido cuatro cocacolas pero acababa de escribir LA FIESTA BRAVA.

Andrés se levantó a las once y cuarto. Se bañó y afeitó rápidamente. Llamó por teléfono a Ricardo con un sentimiento de victoria.

—No puede ser. Ya lo tenías escrito.

—Te juro que no: lo hice anoche. Ahora voy a corregirlo y a pasarlo en limpio. Creo que está bien. A ver qué te parece. Ojalá funcione.

—Claro que funciona.

—¿Cuándo te lo entrego?

—Esta noche si quieres. Te espero a las nueve en mi oficina.

Habló a Obras Públicas para disculparse por su ausencia ante el jefe del departamento. Hizo algunas correcciones, rescribió el texto a máquina y a las cinco emprendió una versión final sin tachaduras ni letras sobrepuestas, en papel bond de Kimberley Clark. Hilda le dijo que se iría al cine con su hermana para no estar sola mientras él iba a entregar el cuento.

A las ocho y media Andrés subió al Metro en la estación Insurgentes. Trasbordó en Balderas y descendió en Juárez. Entró a tiempo en la oficina. La secretaria era tan bonita que Andrés sintió vergüenza de su triste saco de pana, su pantalón café, su pequeñez, su mano tullida. Esperó unos minutos antes de pasar al despacho excesivamente iluminado de Ricardo, quien se incorporó de su escritorio para darle un abrazo.

Habían transcurrido más de doce años desde el 28 de marzo de 1959. Ricardo estaba irreconocible con el traje de shantung azul-turquesa, las grandes patillas, el bigote zapatista, los anteojos de Schubert. Andrés volvió a sentirse fuera de lugar en aquel sitio (ventanas sobre la Alameda, paredes cubiertas de fotomurales que amplificaban viejas litografías de la ciudad).

Percibió de inmediato que era forzada esa actitud antinostálgica, de "como decíamos ayer" que adoptaba Ricardo. La cordial informalidad telefónica iba a borrarse ahora que Arbeláez, en posición de fuerza, había llevado a Andrés a su propio terreno. Se escrutaron durante unos segundos:

Él ha cambiado / yo también / nadie hizo lo que iba a hacer / ambos nos jodimos pero a quién le fue peor/

Ricardo se apresuró a romper la tensión, lo invitó a sentarse en el sofá, se colocó junto a él, le ofreció un *Benson & Hedges*, hojeó el manuscrito que Andrés había sacado del portafolios.

—Te quedó de un tamaño perfecto... Ahora, si me perdonas un momentito, voy a leer tu cuento con Mr. Hardwick, el *editor-in-chief* de la revista. Luego te lo presento. Es de una onda muy padre. Trabajó en *Time Magazine*.

—No, mejor no me lo presentes: me da

pena.

—¿Pena? ¿Por qué?

—No hablo inglés.

—¿Cómo? Si has traducido miles de libros.

—Tal vez por eso; son cosas distintas.

—Qué raro eres. No me tardo.

Al quedarse solo Andrés comenzó a hojear una revista que Ricardo había dejado en su escritorio. Se detuvo en un anuncio:

Located on 1,500 feet of Revolcadero Beach and rising 16 stores like an Aztec pyramid, the $40 million Acapulco Princess Hotel and Club de Golf opened as this jet set resort's largest and most lavish yet. Its 200 acres of gardens, pools, waterfalls and fairways are ten minutes by car from the International Airport.

The Princess has 777 rooms with private terraces overlooking either the palmtree dotted golf course or the turquoise Pacific. Guests specify either a green (golf) view or blue (Pacific) view when making reservations. One of the most spectacular hotels you will ever see, it has a lobby modeled after the great central court of an Aztec temple with sunlight and moonlight filtering through the translucent roof. The 20,000 ft. lobby's atrium is complemented by 60 feet palm-trees, a flowing lagoon and Mayan sculpture.

Pero estaba inquieto, no podía concentrarse. Fue hacia la ventana y miró la honda ciudad, sus luces indescifrables. Pasó mucho tiempo viéndolas, fumó demasiados cigarros, la secretaria entró a ofrecerle nescafé, más tarde a servírselo, por último a despedirse.

Andrés contempló las litografías amplificadas. Sintió una imposible nostalgia por aquel México muerto décadas antes de que él naciera. Imaginó la historia de un hombre que de tanto ver una litografía terminaba en su interior, moviéndose entre esos personajes de otro mundo, mirando a sus contemporáneos que lo veían desde el siglo xx. Luego, como siempre, pensó que el cuento no era suyo, lo había escrito alguien, lo acababa de leer en alguna parte.

O tal vez no: lo había inventado allí mismo, en esa extraña oficina frente a la Alameda — un lugar poco propicio para la redacción de una revista con el dinero y las pretensiones de que hablaba Ricardo. Aún no asimilaba el encuentro con su amigo-enemigo de otros tiempos:

¿habría dejado de pensar en Hilda?

si la viera ¿le gustaría tanto como hace
doce años?

¿cuáles fueron las verdaderas relaciones
entre ellos?

¿por qué Hilda nunca le contó sino va-
guedades al respecto?

y

¿habría escrito su novela Ricardo?

¿la llegaría a escribir en lo futuro?

¿por qué el antiguo director de *Trinchera*
estaba en esa oficina?

¿tan terrible es el país, tan terrible es el
mundo, que en él todas las cosas son corruptas o corruptoras y nadie puede salvarse?

y

¿qué pensaría de él Ricardo? ¿Lo odiaba,
lo despreciaba, lo envidiaba?

su elogio de *Fabulaciones* ¿fue una muestra de magnanimidad, una injuria sutil, un
mensaje cifrado para Hilda?

y

¿los seis mil pesos pagaban su talento —el
de un narrador oscuro que publicó un libro
mediocre justamente olvidado—

o eran una forma de ayudar a Hilda, sabiendo

(¿por quién? ¿por ella misma?)

de las dificultades conyugales, la rancia y desolada convivencia, el mal humor del fracasado, la humillación de checar tarjeta en Obras Públicas, la prosa cada vez más inepta de sus traducciones, el horario de Hilda en la *boutique* de su hermana, las clientes ricas de quienes era la esclava?

Andrés dejó de formularse preguntas. Miró el reloj de la pared: habían pasado más de dos horas, Ricardo continuaba en la oficina de Mr. Hardwick — ¿discutiendo el cuento? La tardanza sólo era explicable como el peor augurio. Por eso cuando Ricardo reapareció con el texto en las manos, Andrés sintió que había vivido ya el momento y podía recitar la continuación.

—Oye, perdona. Me tardé siglos. Es que estuvimos dándole vueltas y vueltas a tu historia.

También en el oscuro recuerdo de Andrés, Ricardo había dicho *historia* y no cuento. Un anglicismo, claro, no importaba; una traducción mental de *story*. Tímidamente, sin esperanza, seguro de la respuesta, dijo:

—¿Y qué les pareció?

—Bueno, no sé cómo decírtelo, maestro. Tu narración me gusta, es interesante, no está mal escrita. Sólo que inconscientemente, pensando que la estabas haciendo casi sobre pedido para una revista, bajaste el nivel. ¿Me explico? Te salió muy lineal, muy de *American magazine* de antes ¿no?

Mirada de azoro en vez de respuesta / Andrés reprochándose que la pérdida de los seis mil pesos le doliera más que el fracaso literario /

pero ya Ricardo continuaba:

—De veras créeme que me sabe mal la situación. Me hubiera encantado que el míster la aceptara. Ya ves, tú fuiste a quien le hablé primero.

—Hombre, no hay por qué dar excusas. Di que no aguanta y se acabó. No hay problema.

El tono ofendió a Ricardo. Hizo un gesto para controlarse y añadió:

—*Sí* hay problemas: no se alcanza a ver al personaje. Te falta precisión. Tienes algunos párrafos muy enredados, el último por ejemplo, gracias a tu capricho de sustituir por comas todos los demás signos de puntuación. Tu anécdota es irreal en el peor sentido, muy *bookish* ¿no es cierto? Además, esto del "sustrato prehispánico enterrado pero vivo" como que ya no. Fuentes hizo cosas muy padres con ello y al hacerlo también agotó el tema. Claro que tú lo ves desde otro ángulo pero de todos modos... Y el asunto se complica por el empleo de la segunda persona de singular. Es un recurso que ya perdió su novedad y acentúa el parecido con Fuentes, *you know*.

—Ya todo se ha escrito. Cada cuento sale de otro cuento ¿verdad? Pero en fin, ni hablar: tus objeciones son irrebatibles... excepto en lo de Fuentes: jamás he leído un libro suyo. No leo literatura mexicana... por higiene mental. —Andrés se dio cuenta de que estaba siendo patético, su arrogancia de perdedor sonaba a hueco.

—Pues haces mal no leyendo a los que escriben junto a ti... Mira, también me recordó a un cuento de Cortázar.

—¿*La noche bocarriba?*

—Exacto.

—Puede ser.

—Y ya que hablamos de influencias o antecedentes, como quieras llamarles, pensé en un cuento de Rubén Darío... *Huitzilopóchtli* creo que se titula. Es de lo último que hizo, lo publicó en Guatemala.

—¿Escribió cuentos Darío? Ni idea. Creí que sólo era poeta... Bueno, pues... me retiro.

—Un momentito: falta el colofón. A Mr. Hardwick la trama le pareció baratamente antiyanqui y tercermundista. Encontró quién sabe cuántos símbolos.

—¿Símbolos? Pero si no hay ningún símbolo: todo es muy directo y muy claro.

—No tanto. El final parece sugerir algo que no está en el texto. Una metáfora política, digamos, un buen deseo, levemente ilusorio por otra parte. Como si quisieras ganarte el aplauso de los *acelerados* de la Universidad o hicieses una reverencia nostálgica a nuestros tiempos de *Trinchera:* "México será la tumba del imperialismo yanqui, como un siglo atrás sepultó las ambiciones de Napoleón Tercero" — ¿no es eso? Si me perdonas, te diré que te falló el olfato. Mr. Hardwick también está en contra de la guerra de Vietnam, por supuesto, y tú sabes que en el fondo mi posición no ha variado: cambió el mundo, lo que es muy distinto. Pero mira que traer a una revista pagada con dinero de allá arriba un cuento en que proyectas deseos de ahuyentar al turismo y de chingarte a los gringos...

—Quizá tengas razón. A lo mejor me puse trampas yo solito para no salir publicado.

—Puede ser, *who knows*. Pero no psicologicemos porque vamos a terminar descubriendo que tu cuento es una agresión disimulada en contra mía.

—No hombre, cómo crees. —Fingió reír junto con Ricardo, hizo una pausa y añadió—: Bueno, desaparezco, muchas gracias de cualquier modo.

—No lo tomes así, no seas absurdo. Naturalmente, espero otra cosa tuya aunque ya no sea para el primer número. Por lo demás, esta revista no trabaja a la mexicana: lo que se encarga se paga. Aquí tienes... Son mil pesos nada más pero algo es algo... Ándale, no te sientas mal aceptándolos. Así se acostumbra en Estados Unidos y nadie se ofende. Ah, si no te molesta me dejas unos días tu original para mostrárselo al administrador y justificar el pago. Luego te lo mando por correo o con un *office-boy*.

—Muy bien. Gracias de nuevo y yo te traigo por aquí otro cuentecito.

—Perfectísimo. Tómate tu tiempo, no te apresures y verás cómo esta vez si tenemos éxito con los gringos. Es que son durísimos, muy profesionales, muy perfeccionistas. Hay ocasiones en que mandan rehacer seis veces una pinche nota de libros; ahora imagínate un texto de creación... Oye, el pago no importa: puedes meter tu historia en cualquier revista *local*.

—Para qué. No salió. Mejor nos olvidamos de ella... Bueno ¿te quedas?

—Sí, tengo que hacer unas llamadas.

—¿A esta hora? Como que es un poco tarde ¿no?

—Tardísimo pero mientras orbitamos la revista hay que trabajar a marchas forzadas. En fin, mi querido Andrés, te agradezco que hayas cumplido el encargo y por favor salúdame mucho a Hilda.

—Cómo no. Gracias a ti. Buenas noches

Andrés salió al pasillo en tinieblas donde sólo ardían las luces en el tablero del ascensor. Oprimió el timbre y poco después se abrió la jaula ofensivamente luminosa con el asiento vacío del elevadorista. Hundió el botón de planta baja. Le abrió la puerta de la calle un velador soñoliento, el rostro oculto tras una bufanda. Andrés regresó a la noche de México, caminó hasta la estación Juárez y descendió al andén desierto,

Mientras llegaba el Metro abrió su portafolios en busca de algún material de lectura. Sólo encontró la copia de LA FIESTA

BRAVA. La destruyó y la echó al basurero. Hacía calor en el túnel. De pronto lo bañó el aire fresco desplazado por el convoy que acto continuo se detuvo sin ruido. Andrés subió al segundo carro, hizo otra vez el cambio en Balderas y tomó asiento en una banca individual. Sólo había tres pasajeros adormilados. Andrés sacó del bosillo el billete de mil pesos, lo contempló un instante y lo guardó de nuevo. En los cristales de la puerta miró su propio reflejo impreso por el juego de la luz del vagón y las tinieblas del túnel.

—Cara de imbécil —se dijo—. Si me encontrara en la calle conmigo mismo sentiría un infinito desprecio. Sólo un pendejo como yo se expone a una humillación de esta naturaleza. Cómo voy a explicárselo a Hilda. Todo es siniestro. Por qué no chocará el tren. Quisiera morirme.

Al ver que los tres hombres lo observaban, se dio cuenta de que había hablado casi en voz alta, gesticulando. Desvió la mirada y para ocuparse en algo tomó el billete de mil pesos y lo metió en su portafolios.

Descendió en Insurgentes cuando los magnavoces anunciaban que era la última corrida y las puertas de la estación iban a cerrarse. No obstante, Andrés se detuvo a leer

112

una inscripción grabada a punta de compás o de clavo sobre un anuncio de *Raleigh:*

ASESINOS, NO OLVIDAMOS
TLATELOLCO Y SAN COSME

—Debió decir *"ni* San Cosme". —Andrés corrigió mentalmente, mecánicamente, mientras avanzaba hacia la salida. Arrancó el tren que iba en dirección de Zaragoza. Antes de que el convoy adquiriera velocidad, Andrés vio entre los cuatro pasajeros del último carro a un hombre inconfundiblemente norteamericano: camisa verde, Rolleiflex, pipa de espuma de mar entre los labios.

Andrés gritó palabras que el capitán Keller ya no llegó a escuchar y se perdieron en el túnel. Se apresuró a subir las escaleras anhelando el aire libre de la plaza. Con su única mano hábil empujó la puerta giratoria. No pudo ni siquiera abrir la boca cuando lo capturaron los tres hombres que estaban al acecho.

LANGERHAUS

Cada mañana lo primero que hago es leer el periódico. Si no lo encuentro en el garash a poca distancia de la puerta, me quedo incapaz de emprender nada hasta que llegue. El jueves tardó más que nunca. Desesperado, fui a comprarlo a la esquina y empecé a leerlo, según mi costumbre, de atrás para adelante. Al dar vuelta a una página hallé la información de que había muerto Pedro Langerhaus al volcar su coche en la curva llamada "La Pera" de la autopista a Cuernavaca.

La noticia resultaba aún más impresionante para mí porque la foto publicada (¿la única que hallaron en el archivo?) correspondía a los tiempos en que Langerhaus y yo fuimos compañeros de escuela: la época de sus triunfos en Bellas Artes cuando unánimemente se aplaudió la maestría con que tocaba el clavecín un chico de doce años.

¿Hará falta añadir cuánto sufrió el pobre Langerhaus? Todos parecían odiarlo, remedaban su denso acento alemán, lo hostilizaban en clase y en recreo por cuantos medios puede inventar la crueldad infantil. (Un día Valle y Morales trataron de prender fuego a sus cabellos, insultantemente largos para la época.)

Langerhaus era un genio, un niño prodigio. Los demás no éramos nadie: ¿cómo íbamos a perdonarlo? Al principio, por no distinguirme de los otros, participé en las vejaciones. Luego una mezcla de compasión y envidioso afecto me llevó a convertirme en el único amigo que tuvo Langerhaus. Visité algunos fines de semana su casa y él también fue a la mía. Nuestra amistad se basaba en el hecho de ser completamente distintos: yo jugaba futbol e iba al cine dos veces por semana; Pedro pasaba cinco horas diarias ensayando ante el clavecín. Nunca aprendió a pelear ni a andar en bicicleta ni sabía mecerse de pie en los columpios. Jamás hizo deporte: sus padres —un compositor alemán de tercer orden y una pianista suiza llegados a México durante la guerra— le prohibieron toda actividad de este género para que no fuera a lastimarse los dedos.

Ser amigo de Langerhaus me atrajo la hostilidad burlona de muchos compañeros. El día de fin de cursos Pedro tocó una sonata de Bach, fue aplaudido por toda la escuela y al terminar corrió a sentarse junto a mí en una banca del fondo.

—Me he vengado —le escuché decir entre dientes. Morales, Valle y sus otros perseguidores se acercaron a felicitarlo. En el primer y último rasgo viril que le conocí, Langerhaus los dejó con la mano tendida. Me dispuse a pelear en su defensa. Extrañamente ellos no hicieron nada. Langerhaus, en efecto, había tomado venganza.

Poco después fue a perfeccionarse en un conservatorio europeo. No me escribió ni volví a verlo hasta que en julio de 1968, durante la Olimpiada Cultural, regresó a México y dio un nuevo concierto.

Decepción para todos: el genio precoz, al llegar a ser hombre, se había convertido en un intérprete mediocre, lleno de tics y poses de prima donna. El público, habitualmente cortés, estaba de mal humor aquella noche: lo silbó a media pieza y creo haberlo visto llorar en el escenario.

Terminada la función no subí a saludarlo pues no hubiera sabido qué decirle ante su fracaso. Para no cometer la hipocresía de cumplimentarlo ni la vileza de sumarme a la reprobación general, salí en cuanto se encendieron las luces. Por lo demás, quería alejarme del centro: estaba lleno de granaderos y en el entreacto Morales me dijo que la situación había empeorado: era probable que mandaran tanques y paracaidistas a fin de reprimir a los estudiantes.

Los críticos, que a veces son brutales y hablan sin el menor asomo de respeto humano, se burlaron de Langerhaus y lo consideraron liquidado. Pedro se sintió tan herido que abandonó la música y se dedicó (vi los anuncios) a la compraventa de terrenos en Cuernavaca.

No asistí al velorio. Después me remordió la conciencia y me presenté en la Agencia Gayosso minutos antes de que partiera el cortejo. Me extrañó no ver a ninguno de nuestros condiscípulos. Di el pésame a los padres, aunque juzgué imprudente forzarlos a que rencontraran en mí al amigo de infancia de su hijo. Me sentí incómodo por no conocer a nadie entre las doce o quince personas que estaban en el entierro — casi todos eran alemanes.

Desde el Panteón Jardín se advierte el cerco de montañas que hace tan opresiva a esta ciudad. El Ajusco se ve particularmente próximo y sombrío. Una tormenta se gestaba en la cima. El viento trajo las primeras gotas de lluvia mientras descendía a la tierra el ataúd de metal. Cuando los sepultureros terminaron de sellar la fosa, abracé de nuevo a los padres, subí al coche y regresé a la oficina.

Lo extraño comenzó al lunes siguiente. Federico Cisneros me llamó para invitarme a una cena en honor de Morales que acababa de ser nombrado subsecretario en el nuevo gabinete. El hecho reanudó los lazos perdidos y suscitó un frenesí de nostalgia en los antiguos compañeros de banca. Por lo que a mí respecta conozco a Morales desde el kinder, nos reunimos una o dos veces por año, su nombramiento me dio gusto y acepté ir de buena gana. Ya para despedirme dije a Cisneros:

—¿Supiste que murió Langerhaus?

—¿Quién?

—Langerhaus. El músico. No me vayas a decir que no te acuerdas. Él también estuvo en secundaria con nosotros.

—Ni idea. No figura en la lista de invitados, que se hizo con base en los anuarios de la escuela. Por cierto que ahora al llamarles por teléfono supe que algunos de nosotros han muerto.

—Pero hombre, cómo no te vas a acordar. Si era el tipo más notable del grupo: un clavecinista, un niño prodigio.

—El único músico eras tú porque mediotocabas la guitarra ¿no es cierto?

—Bueno, haz memoria. Ya recordarás. Nos vemos el viernes.

La cena fue deprimente. Como si nos hubiéramos puesto de acuerdo todos adulamos a Morales, quien se dejó hacer, mirándonos con sus ojillos irónicos de siempre, acaso tratando de ajustar nuestra declinante imagen al rostro que tuvimos de niños.

A punto de terminar la reunión, me atreví a sentarme junto al subsecretario en un sitio que había quedado momentáneamente vacío, y para hablar de algo le pregunté:

—¿Qué te pareció lo de Langerhaus? Terrible ¿no?

—¿Langer qué? No sé de quién me estás hablando, Gerardo.

—De un compañero nuestro. Cómo es posible que no te acuerdes. Si hasta lo agarraste de puerquito. Tú y el miserable de Valle lo traían asoleado, no lo dejaban en paz al pobre. Una vez trataron de incendiarle el pelo. Lo llevaba muy largo, era como un antecesor de los jipis.

—Oye, viejo, siempre he tenido buena memoria pero esta vez sí te juro...

—No te hagas. Tú también estuviste en su concierto del 68 y entonces te acordabas perfectamente.

—¿En el 68? ¿Cuál concierto? En esas condiciones y con el puesto que ocupaba qué ganas tendría yo de ir a conciertos.

Valle regresó a sentarse en su lugar. Al encontrarme en él se quedó de pie junto a Morales:

—¿De qué hablan? ¿Ya te está pidiendo chamba Gerardo?

Repetí más o menos la historia. Valle y Morales cruzaron miradas, insistieron en que no recordaban a nadie con ese nombre y esas características. Llamé a Cisneros. Se intrigó, pidió silencio e hizo un resumen del caso. Todos negaron que hubiera habido con nosotros alguien llamado Langerhaus.

—Además —añadió Valle, tratando de lucir su falsa erudición—, ese apellido no existe en alemán.

—No cambias, mano —dijo el subsecretario, condescendiente—. Sigues igualito, inventándote cosas. Hasta cuándo tomarás algo en serio.

—Es absolutamente en serio: vi la noticia en el periódico, la foto, la esquela. Bueno, con que les diga que hasta fui al entierro.

—No tiene nada que ver —comentó Cisneros—. El tipo no estuvo nunca en nuestro grupo. Lo conociste en alguna otra parte.

—Alguien tendría que acordarse. A fuerza. No nada más tú —añadió Valle.

—Bueno, me perdonan: tengo que irme porque mañana salgo de jira con el Señor Presidente. —Morales se despidió de cada uno con abrazo y palmadita en el hombro. Seguimos bebiendo, hablamos de otros temas.

—¿Y Tere? —me preguntó Arredondo en un aparte de la conversación general.

—No sé, no he vuelto a verla.

—¿A poco no te enteraste de que se casó?

—¿Sí? ¿Con quién?

—Con un judío millonario. Vive en el Pedregal.

—Ah, no sabía... Qué importa.

—Bien que te duele, bien que te duele.

—No hombre, eso ya pasó.

Me levanté y volví al lado de Cisneros.

—No van a hacerme creer que estoy loco. Apostamos mil pesos.

—Yo por mí apuesto cinco mil —respondió Cisneros— aunque me parece que te estoy robando en despoblado. Ese tipo no exis... no estuvo nunca en la escuela. Mira, lo podemos comprobar en los anuarios.

—Se me perdieron en un cambio de casa.

—Dejen a este loquito y vámonos por ahí a ver adónde — Valle, totalmente ebrio, hizo el intento de incorporarse.

—Pérate: ya me intrigó —dijo Cisneros.

—Bueno, pues quédense. Nosotros ya nos vamos.

Cisneros y yo pagamos lo que nos correspondía y fuimos a su casa. Naturalmente, en el trayecto hablamos mal de nuestros compañeros y dijimos que resultaba muy triste ver de nuevo a gente que uno conoció en otras épocas: nadie vuelve a ser el mismo jamás. En cambio la casa de Federico era idéntica a la que yo recordaba entre brumas. Sobrevivía entre nuevos edificios horrendos y lotes de estacionamiento. Cisneros aún dormía en la buhardilla como en su infancia. Nada había cambiado en el interior.

—¿Y tu esposa? —pregunté.

—Se fue de compras a San Antonio con los niños.

—Ah bueno. Sabes, me daría pena molestarla. Es muy tarde.

—No te preocupes, hoy no están ni las criadas.

Buscó la llave de un estante, lo abrió. Todo en orden, igual que cuando éramos niños. Sin dificultad encontró los anuarios.

—Conste, yo te lo advertí. Solito tragaste el anzuelo.

Hojeó el anuario y señaló las páginas correspondientes a Primero B: lista, foto del grupo, cuadro de honor para alumnos distinguidos.

—Mi querido Gerardo, ya puedes ir firmándome el cheque. Ten, aquí está la ele: Labarga, Ladrón de Guevara, Landa, Luna, Macías. ¿Ves? No hay ningún Langernada, no hay nadie con apellido extranjero.

—Imposible. Me acuerdo perfectamente de este anuario. Mira la foto del grupo. Te lo digo sin necesidad de verlo: está en la primera fila, entre Arana y Ortega, si no me equivoco.

—No: entre Arana y Otrega estás tú: pelado a la brush por añadidura. Fíjate bien: ni uno solo trae pelo largo. En esa época ni se soñaba en que alguna vez volvería a usarse.

—Tienes razón: no hay nadie. No entiendo, no puedo haberlo inventado. Es una broma

¿verdad? Un jueguito de los que siempre se te ocurrían. Tú, Morales y Valle quieren seguirse divirtiendo conmigo y mandaron hacer un anuario especial en tu imprenta.

—Por favor, cómo crees. Aparte de que saldría carísimo ¿de dónde hubiéramos sacado las fotos, las tintas que ya no se usan, el papel que dejó de producirse hace años? Después de todo, tú comenzaste a preguntar ¿no es así?

—Dame otra oportunidad. Te pago pero dame otra oportunidad.

—¿Cuál?

—El periódico.

—No prueba nada.

—Prueba cuando menos que no estoy loco, que murió alguien llamado Langerhaus.

—Bueno, queda en cinco mil pesos ¿no?

—Te los doy ahora mismo. El dinero es lo que menos importa. No puedo haberme imaginado todo esto. Para qué, con qué objeto... Chin, ahora que me acuerdo vendí los periódicos viejos.

—No te preocupes, los tengo arrumbados en el garash. Mi señora los guarda para regalarlos a la parroquia. ¿Sabes de qué día es?

—Sí: jueves de la semana pasada. No se me olvida porque es cuando cambian la programación de los cines.

Bajamos. Federico halló rápidamente el diario de esa fecha, buscó la página y leímos los encabezados: "El atraco a una mujer frente a un banco en Artículo 123 movilizó a la policía." "Capturaron a un ladrón y homicida prófugo." "En presencia de sus invitados se hizo el hara-kiri." "Comandante del Servicio Secreto acusado de abuso de autoridad, amenazas y extorsión."

No había ningún retrato de Langerhaus, ninguna noticia de un accidente en la autopista a Cuernavaca. Las únicas fotos eran de un autobús de la línea México-Xochimilco que estuvo a punto de caer en el Viaducto Miguel Alemán y de la señora Felícitas Valle González, de 76 años, extraviada al salir de su casa rumbo a la estación de Buenavista.

Hojeé de atrás para adelante todo el periódico. Revisamos las esquelas en los diarios de fin de semana. Su nombre tampoco figuraba en la lista de entierros.

—Vamos a la Agencia Gayosso. Hay un registro, allí tiene que estar.

—Es tardísimo pero por cinco mil pesos soy capaz de ir hasta el infierno.

En la funeraria un billete de cien cambió en servilismo la hosquedad del encargado de los libros. Nos mostró la minuciosa relación del viernes anterior: ni en ella ni en la de otros días encontramos a nadie llamado Langerhaus. Sugerí una visita al Panteón Jardín, la búsqueda en los archivos del periódico, llamarles por teléfono a los padres. El empleado nos acercó el directorio: Lange, Langenscheidt, Langer, Langle, Langlet, Langlo. Nada otra vez.

—¿Recuerdas dónde vivía, es decir, dónde vivían los padres?

—En Durango y Frontera, en una casa que demolieron hace muchos años. No queda más remedio que ir al Panteón Jardín.

Federico estaba lívido: —Mejor lo dejamos hasta aquí. No me des el dinero. Ya no me está gustando nada este asunto.

—Imagínate lo que me gustará a mí. Pero apostamos y voy a firmarte un cheque.

—Déjalo por favor. Otro día. La próxima vez que nos reunamos.

Sin hablar una palabra durante el trayecto, Federico me llevará hasta el estacionamiento de varios niveles en que dejé mi coche, nos despediremos, manejaré hasta mi casa en San Ángel Inn, entraré en mi cuarto, antes de acostarme tomaré un somnífero, luego dormiré una hora o dos, la música me despertará, pensaré: dejé prendida la radio del auto, y sin embargo la música llegará desde la sala, la inconfundible música del clavecín de mi infancia, la sonata de Bach cada vez más próxima ahora que bajo las escaleras temblando.

TENGA PARA QUE SE ENTRETENGA

Estimado señor:

Le envío junto con estas líneas el informe confidencial que me solicitó. Espero que lo encuentre de su entera satisfacción.
Incluyo recibo timbrado por $ 1 200.00 (un mil doscientos pesos moneda nacional) que le ruego se sirva cubrir por cheque, giro o personalmente en estas oficinas.
Advertirá usted que el precio de mis servicios profesionales excede ligeramente lo convenido. Ello se debe a que el informe salió bastante más largo y detallado de lo que supuse en un principio. Tuve que hacerlo dos veces para dejarlo claro, ante lo difícil y aun lo increíble del caso. Redactarlo, dicho sea entre paréntesis, me permitió practicar mi hobby, *que consiste en escribir — sin ningún ánimo de publicación, por supuesto.*
En espera de sus noticias, me es grato saludarle y ponerme a su disposición como su affmo. y ss.
Ernesto Domínguez Puga
Detective Privado

El 9 de agosto de 1943 la señora Olga Martínez de Andrade salió de su domicilio en Tabasco 106, Colonia Roma, acompañada por su hijo de seis años, Rafael Andrade Martínez. La señora tenía una invitación para comer en casa de su madre, doña Caridad Acevedo de M., que habitaba en Gelati número 36 bis, Tacubaya. Aprovechando la hora temprana y la cercanía decidió llevar a su niño a Chapultepec.

Rafael estuvo muy contento jugando en las resbaladillas y columpios del sector de Chapultepec conocido en aquel entonces como Rancho de la Hormiga, atrás de la residencia presidencial de Los Pinos. Después caminaron hacia el lago por la Calzada de los Filósofos y se detuvieron un instante en la falda del cerro.

Cierto detalle que incluso ahora, tantos años después, pasa inadvertido a los transeúntes, llamó inmediatamente la atención de Olga: los árboles que crecen allí tienen formas extrañas, sobrenaturales se diría. No pueden atribuirse al terreno caprichoso ya que parecen aplastados por un peso invisible. Tampoco a la antigüedad, pues —nos informó la administración del Bosque— tales árboles no son vetustos como los ahuehuetes de las cercanías: datan del siglo XIX. El archiduque Maximiliano ordenó sembrarlos en vista de que la zona fue devastada en 1847 a consecuencia de la batalla de Chapultepec y la toma del Castillo por el ejército norteamericano.

Rafael estaba cansado y se tendió de espaldas en la hierba. Su madre tomó asiento en el tronco vencido de uno de aquellos árboles que, si usted perdona la pobreza de mi vocabulario, calificaré otra vez de sobrenaturales.

Transcurrieron varios minutos. Olga sacó su reloj. Acercándoselo mucho a los ojos vio que eran las dos y dijo que ya debían irse a casa de la abuela. Rafael le suplicó que lo dejara un rato más. La señora aceptó de mala gana, inquieta porque en el camino se había cruzado con varios aspirantes a torero quienes, ya desde entonces, hacían sus prácticas cerca de la colina en unos estanques perpetuamente secos, muy próximos también al sitio que se asegura fue el baño de Moctezuma.

Para esas horas Chapultepec había quedado desierto. Ya no se escuchaba ruido de automóviles ni rumor de lanchas en el lago. Con una ramita, el niño se divertía en poner obstáculos al desplazamiento de un caracol. De pronto se abrió un rectángulo de madera oculto bajo la hierba rala del cerro y apareció un hombre que dijo a Rafael:

—Déjalo, no lo molestes. Los caracoles no muerden y conocen el reino de los muertos.

Salió del subterráneo, fue hacia la señora, le tendió un periódico doblado en dos y una rosa con un alfiler:

—Tenga para que se entretenga. Tenga para que se la prenda.

Olga dio las gracias, muy confundida por la brusquedad de la aparición y las desusadas aunque cordiales palabras del recién llegado. El hombre respondió con una sonrisa y una reverencia. Olga pensó que sería un vigilante, un guardián del castillo. La sorprendió —insisto— hallarlo tan amable.

Rafael se había acercado al hombre y lo tironeaba de la manga.

—¿Ahí vives? —preguntó.

—No: más abajo, más adentro.

—¿De veras?

—Sí.

—¿Y no tienes frío?

—No.

—Llévame a conocer tu casa. Mamá ¿me das permiso?

—Rafaelito, por favor, no molestes. Dale las gracias al señor y vámonos ya, pues tu abuelita nos está esperando.

—Permítale asomarse, señora. No lo deje con la curiosidad.

—Pero, Rafaelito, debe de estar muy oscuro. ¿No te da miedo?

—No mamá.

La señora miró al hombre con un gesto de resignación y asintió. Rafael tendió la mano al guardia, quien dijo antes de iniciar el descenso:

—Ya volveremos: usted no se preocupe.

—Cuídelo mucho por favor.

—Nada más le voy a enseñar la boca del túnel.

Según el testimonio de parientes y amigos, Olga fue siempre muy distraída. Así, juzgó normal la curiosidad del niño, aunque contradictoriamente —y disculpe usted la insistencia— no dejó de extrañarle la cortesía del vigilante. Guardó la flor en su bolsa y desdobló el periódico. No pudo leerlo pues si bien apenas tenía veintisiete años ya necesitaba lentes bifocales y no le gustaba usarlos en lugares públicos.

Pasó un cuarto de hora. Su hijo no regresaba. Olga se inquietó y fue hasta la entrada del pasadizo. No pudo bajar: la oscuridad la atemorizó. Entonces gritó llamando a Rafael y al hombre que se lo había llevado. Sintió terror porque nadie contestaba. Corrió hacia los estanques secos. Dos aprendices de novillero practicaban allí. Entre sollozos, Olga les pidió ayuda y les informó de lo sucedido.

Llegaron rápidamente al sitio de los árboles aplastados. Los torerillos cruzaron miradas al ver que no había ninguna boca de ningún subterráneo. Buscaron a gatas sin encontrar nada. No obstante, en manos de Olga estaban la rosa, el alfiler, el periódico, y en el suelo la ramita con que había jugado Rafael.

Supondrá usted que a estas alturas la señora gritaba y gemía, presa de un verdadero *shock*. Los torerillos comenzaron a tomar en serio lo que habían creído una broma y una posibilidad de aventura. Uno de ellos se apresuró a hablar por teléfono en un puesto a orillas del lago. Otro permaneció al lado de la mujer para intentar calmarla.

Veinte minutos después se presentó en Chapultepec el ingeniero Andrade, esposo de Olga y padre del niño. En seguida aparecieron policías, vigilantes del Bosque, la abuela, parientes, amistades, así como la muchedumbre de curiosos que siempre parece estar invisiblemente al acecho en todas partes y que se materializa cuando sucede algo fuera de lo común.

El ingeniero tenía negocios y estrecha amistad con el general Maximino Ávila Camacho, hermano del Señor Presidente y por entonces —como usted recordará— ministro de Comunicaciones y la persona más importante del régimen. Bastó una llamada telefónica del general para movilizar a más o menos la mitad de todos los efectivos policiacos, cerrar el Bosque, expulsar a los curiosos, detener e interrogar a los torerillos. Don Maximino, que en paz descanse, envió a uno de sus ayudantes a mi oficina de las calles de Palma. (Yo le había hecho servicios confidenciales de la índole más delicada y tuve el honor de disfrutar de su confianza.) Dejé todos mis quehaceres para salir rumbo a Chapultepec en un coche del ministerio.

Cuando llegué serían las cinco de la tarde. Continuaba la búsqueda. Pero todo fue en vano: no se encontró ninguna pista. Como siempre, los uniformados y los agentes secretos trataron de impedir mi labor. Pero el ayudante de don Maximino facilitó las cosas, y pude comprobar que en la tierra había huellas del niño, no así del hombre que se lo llevó.

El administrador del Bosque dirigía la investigación. Manifestó no tener conocimiento de que existiera ningún pasadizo y ordenó a una cuadrilla excavar en el sitio donde la señora aseguraba que desapareció su hijo. No hallamos, en efecto, sino oxidados cascos de metralla y raíces deformes.

La caída de la noche obligó a interrumpir la busca para reanudarla a la mañana siguiente. Los torerillos fueron llevados como sospechosos a la Inspección de Policía. Yo acompañé al ingeniero Andrade a reunirse con su esposa que ya estaba al cuidado médico en un sanatorio particular de Mixcoac. Obtuve permiso de interrogarla. Sólo saqué en claro lo que consta al principio de esta comunicación.

Ahora lamento de verdad que el disgusto ante algunas majaderías escritas en mi contra me haya impedido guardar recortes de periódicos. Los de la mañana no alcanzaron la noticia; los vespertinos la pusieron a ocho columnas relegando a segundo término las informaciones de guerra. Un pasquín ya desaparecido se atrevió a afirmar que Olga sostenía relaciones perversas con los dos torerillos. El sitio de reunión y el escenario de sus orgías era Chapultepec. El niño resultaba (¡imagínese usted!) el inocente encubridor que al darse cuenta de los hechos tuvo que ser eliminado.

Esta versión absurda y difamatoria no prosperó: don Maximino lanzó una orden fulminante para que el calumniador fuera cesado y se perdiera en la noche de los tiempos, a riesgo de que se le aplicara el clásico "carreterazo".

Otro periódico sostuvo que hipnotizaron a la señora y le hicieron creer que había visto lo que contó. El niño fue víctima de una banda de "robachicos" que pedirían rescate o lo mutilarían con objeto de explotarlo forzándolo a pedir caridad.

Aún más irresponsable, un tercer diario se atrevió a confundir a sus lectores asegurando que Rafael fue raptado por una secta que adora dioses prehispánicos y practica sacrificios humanos en una cueva de Chapultepec, que como usted sabe fue el bosque sagrado de los aztecas. (Semejante idea parece inspirarse en una película de Cantinflas: *El signo de la muerte.*)

En fin, el público encontró un escape de las tensiones de la guerra, la escasez, la carestía, los apagones preventivos, el descontento político, y se apasionó por el caso durante algunas semanas mientras continuaban las investigaciones en Chapultepec.

Cada cabeza es un mundo, cada quien piensa distinto y nadie se pone de acuerdo en nada. Con decirle que hasta se le dio un sesgo electoral a todo este embrollo: a fin de cerrarle el paso hacia la presidencia a don Maximino (pues era un secreto a voces que sucedería en el poder a don Manuel, fraternalmente o por la fuerza de las armas) se difundió la calumnia de que el general había mandado secuestrar a Rafaelito para que no informara al ingeniero de sus relaciones con la señora Olga.

Usted recordará que este personaje extraordinario tuvo un gusto proverbial por las llamadas "aventuras". La discreción, el profesionalismo, el respeto a su dolor y a sus actuales canas, me impidieron decirle antes a usted que en 1943 Olga era una mujer bellísima. De modo que la difamación cayó en un terreno fértil, aunque el rumor no llegó ni llegará nunca a letras de molde.

Tan inesperadas derivaciones tenían que encontrar un hasta aquí. Por métodos que no viene al caso describir se obtuvo que los torerillos firmaran una confesión que aclaró las dudas y acalló a la maledicencia. Aprovechando la soledad del Bosque y la mala vista de la señora habían montado la historia del hombre del subterráneo con el propósito de raptar al niño y exigir un rescate (el ingeniero Andrade se había hecho rico en pocos años a la sombra de don Maximino). Luego, atemorizados, dieron muerte a Rafaelito, lo descuartizaron y arrojaron sus restos al Canal del Desagüe.

La opinión pública tiene (o tenía) el defecto de la credulidad y no exigió se puntualizaran algunas contradicciones. Por ejemplo: a qué horas descuartizaron los torerillos al niño y lo echaron a las aguas negras —situadas en su punto más próximo a unos veinte kilómetros de Chapultepec— si, como antes dije, uno llamó a la policía y al ingeniero Andrade; otro permaneció junto a Olga, y ambos estaban en el lugar de los hechos cuando llegaron la familia y las autoridades.

Pero al fin y al cabo todo en este mundo es misterioso y no hay acontecimiento, por nimio que parezca, que pueda ser aclarado satisfactoriamente. Como tapabocas se publicaron fotos de la cabeza y el torso de un muchachito, restos sacados del Canal del Desagüe. Pese a la avanzada descomposición, cualquier persona habría podido comprobar que los despojos eran de una criatura de once o doce años y no de seis como Rafael. Esto sí no es problema: en México siempre que hay una desaparición y se busca un cadáver se encuentran muchos otros en el curso de la pesquisa.

Dicen que la mejor manera de ocultar algo es ponerlo a la vista de todos. Por ello y también por la excitación del caso y sus impredecibles ramificaciones, se disculpará que yo no empezara por donde procedía: esto es, por interrogar a la señora Olga acerca del individuo que desapareció con su hijo. Lo imperdonable (debo reconocerlo humildemente) es haber considerado normal que el hombre le entregara una flor y un periódico y por tanto no haber examinado, como correspondía, estas piezas.

Tal vez un presentimiento de lo que iba a encontrar me hizo posponer hasta lo último el interrogatorio. Cuando ya los torerillos, convictos y confesos, purgaban una pena de treinta años en las Islas Marías y todos (menos los padres) aceptaban que los restos hallados en el Canal eran los del niño Rafael Andrade Martínez, me presenté en la casa de Tabasco 106 para interrogar de nueva cuenta a la señora.

La encontré muy desmejorada, como si hubiera envejecido veinte años en tres semanas. No perdía la esperanza de recuperar a su hijo. Por ello cobró fuerzas para responderme. El diálogo fue más o menos como sigue, si mi memoria (que siempre ha sido buena) no me traiciona.

—Señora Andrade: al platicar por primera vez con usted en el sanatorio de Mixcoac no juzgué oportuno preguntarle ciertos detalles que ahora considero indispensables. En primer lugar: ¿cómo vestía el hombre que salió de la tierra para llevarse a Rafaelito?

—De uniforme.

—¿Uniforme de militar, policía, guardabosque?

—No, es que, sabe usted, no veo bien sin lentes pero no me los pongo. Por eso pasó todo, por eso.

—Cálmate —intervino el marido cuando Olga comenzó a llorar.

—Perdone, no me contestó usted: ¿cómo era el uniforme?

—Azul, con adornos dorados. Parecía muy desteñido.

—¿Azul marino?

—Más bien azul pálido, azul claro.

—Continuemos. En mi libreta anoté las palabras que le dijo a usted el hombre: "Tenga para que se entretenga. Tenga para que se la prenda." ¿No le parecen bastante extrañas?

—Sí, muy raras. Pero en ese momento no me di cuenta. Qué imbécil. No me lo perdonaré jamás.

—¿Había alguna otra cosa anómala en el hombre?

—Ahora que me acuerdo lo veo muy claro, me parece estar oyéndolo: hablaba demasiado despacio y con acento.

—¿Acento regional o como si el español no fuera su lengua?

—Exacto: como si el español no fuera su lengua.

—Entonces ¿cuál acento?

—No sé... quizá... bueno, como alemán.

El ingeniero Andrade y yo nos miramos: había muy pocos alemanes en México. Eran tiempos de guerra, no se olvide, y todos resultaban sospechosos. Ninguno se hubiera prestado a un asunto como éste.

—¿Y él? ¿Cómo era él?

—Alto... sin pelo... olía muy fuerte... como a humedad.

—Señora, disculpe usted el atrevimiento, pero si el hombre era tan extravagante ¿por qué dejó usted que Rafaelito bajara con él?

—No sé, no sé. Por estúpida. Porque siempre lo he consentido mucho. Nunca pensé que pudiera pasarle nada malo... Espéreme, hay algo más: cuando el hombre se acercó vi que estaba muy pálido... ¿cómo decirle?... blancuzco... eso es: como un caracol, un caracol fuera de su concha...

—Válgame Dios, pero qué cosas dices —exclamó el ingeniero. Me estremecí. Para fingirme sereno enumeré:

—Bien; con que decía frases poco usuales, hablaba con acento alemán, llevaba uniforme azul pálido, olía mal y era fofo, viscoso. ¿Chaparro, muy gordo?

—No, no: altísimo, muy delgado... ah, con barba.

—¡Barba! Pero si ya nadie usa barba.

—Pero él tenía... No: más bien eran mostachos o patillas... como grises o blancas, no sé.

Vi mi propio gesto de espanto en el rostro del ingeniero. De nuevo quise aparentar serenidad. Dije en tono casual:

—¿Me permite examinar la revista que le dio el hombre?

—Era un periódico, creo yo. También guardé la flor en mi bolsa. ¿No te acuerdas qué bolsa traía?

El ingeniero se puso de pie:

—La recogí en el sanatorio, la guardé en tu ropero. Con los nervios no se me ocurrió abrirla.

Señor, en mi trabajo he visto cosas que horrorizarían a cualquiera. Sin embargo nunca había sentido ni he vuelto a sentir un miedo más terrible del que experimenté cuando el ingeniero Andrade abrió la bolsa.

Sacó una rosa negra marchita (no hay en este mundo rosas negras), un alfiler de oro puro muy desgastado y un periódico totalmente amarillo que casi se deshizo cuando lo abrimos para ver que era *La Gaceta del Imperio*, con fecha 2 de octubre de 1866, periódico del que —supimos después— sólo existe otro ejemplar en la Hemeroteca.

El ingeniero me hizo jurar que guardaría el secreto. Ahora, después de tantos años y confiado en su buen sentido, me atrevo a revelarlo. Dios sabe que ni mi esposa ni mis hijos han oído nunca una palabra acerca de todo esto.

Desde entonces hasta hoy, sin fallar nunca, la señora Olga pasa el día entero en Chapultepec, caminando por el Bosque, hablando a solas. Y a las dos de la tarde se sienta en el tronco vencido del mismo árbol, con la seguridad de que alguna vez a esa hora la tierra se abrirá para devolverle a su hijo o para llevarla, como los caracoles, al reino de los muertos.

Pase usted por allí cualquier día y la encontrará con el mismo vestido que llevaba el 9 de agosto de 1943: sentada en el tronco, inmóvil, esperando, esperando.

CUANDO SALÍ DE LA HABANA, VÁLGAME DIOS

A Salvador Barros

Yo estaba nada más de paso en Cuba, como representante que soy, o era, de la Ferroquina Cunningham, y esa tarde en casa del senador junto al Almendares tomábamos el fresco después del almuerzo, me había firmado el pedido, él tiene la concesión de todas las boticas de La Habana, es amigo íntimo del presidente Gómez, socios en lo del ferrocarril de Júcaro y el periódico *El Triunfo,* cuando vinieron a avisarle, Dios mío:

en Oriente los negros de los ingenios azucareros se habían levantado en armas, iban a echar al agua a todos los blancos, a cortarles el cuello, a destriparlos, qué horror;

y dije con un miedo terrible: ahora mismo me voy; el senador insultó a los negros, ya son libres y no se conforman con nada, además escogen para rebelarse precisamente hoy, décimo aniversario de la República; intentó tranquilizarme, me aseguró que el Tiburón, es decir el general Gómez, los pondría en paz en veinticuatro horas y si él fallaba tropas norteamericanas desembarcarían para proteger vidas y haciendas;

pero no me convenció, no soy hombre de

guerra, y en un taxi corrí al hotel y hablé por teléfono a la agencia naviera; el único que sale ahora va para México, pero si acabo de llegar de México, bueno no importa, doy lo que sea ¿zarpa a las seis, pago a bordo, me aceptan un cheque?

en el muelle otros negros cantaban, cargaban barriles sacos cajas de azúcar ¿lo sabrían, iban a rebelarse también? hasta que al fin trajeron mi equipaje, subí a una lancha y luego por la escala colgante al gran barco;

ya se imaginarán el gusto que me dio entrar en mi cabina del *Churruca,* no hay como estos vapores de la Compañía Trasatlántica Española, tan cómodos y dan tan buena comida; sentí mucho no haberme despedido de todas las personas que fueron muy amables conmigo; menos mal que organizado como soy terminé el día anterior mis asuntos; apenas lo abran iré al despacho telegráfico, pondré un mensaje inalámbrico a Mr. Cunningham explicándole por qué salí de La Habana, aunque claro él ya sabrá todo, en Nueva York se interesan mucho por Cuba;

me estaba asfixiando en el camarote, subí a cubierta, sonaba la sirena, levaban el ancla, brillaban La Cabaña y El Morro, todo parecía tan en calma, quién iba a decir que en el interior de la isla ya estaban los negros matando, saqueando, violando;

pero las torres de Catedral se alejaban, las casas del Malecón también, el Vedado era color de rosa con sus palmeras jardines balnearios que iban disminuyendo, haciéndose un dibujo chino en un grano de arroz hasta que la curva del mar nos tragaba;

y en el *Churruca* la gente estaba triste, sólo Dios sabe lo que va a ocurrir tierra adentro, la orquesta tocaba esa canción tan melancólica, *La Paloma,* que según mi madre era la predilecta de Maximiliano y Carlota, pobrecitos, sobre todo ella, muerta en vida, esperando, sin darse cuenta de que han pasado los años;

como no conocía a nadie mejor volví al camarote hasta que fuera hora de cenar, mientras tanto fumaría un H. Upmann y terminaría de leer *La isla de los Pingüinos,* tan bonita novela, qué grande es Anatole France; me estaba acomodando en la litera, vinieron a cobrarme el pasaje;

¿cuándo llegamos a Veracruz? en menos de tres días si hay buen tiempo, me contestaron; pero no había tan buen tiempo y por la noche, mirando hacia abajo desde el ventanal del comedor, las olas se veían temibles al estrellarse en el costado del barco;

no me gustó porque si le tengo miedo a una sublevación cuánto más le tendré a los naufragios, grave inconveniente en mi oficio que consiste en ir de un lado a otro por Sudamérica y en qué lo voy a hacer si no en barco, aunque estos de la Trasatlántica Española son muy seguros y tienen muy buen servicio;

lo mismo opinaba el matrimonio que me tocó a la mesa, unos noruegos bastante agradables aunque no demasiado conversadores, tampoco yo tenía muchos temas y como no sé francés y ellos hablaban poco inglés y casi nada de español apenas pude mencionar las obras de Ibsen y preguntarles cómo era Cristianía, si es un sitio tan gélido como San Petersburgo, del que algo sé porque Dav, mi vecino de piso en la calle 55, nació en Rusia;

hubiera preferido otra mesa con gente de mi idioma o norteamericanos, para mí es igual porque vivo en Manhattan desde niño, pero llegué el último y no debo quejarme: fue una suerte encontrar pasaje en estas condiciones;

por los nervios cené mucho y no acepté
jugar cartas con los noruegos; me fui a acos-
tar, no pude dormirme, el barco daba unos
sacudones terribles, crujía hasta el último
milímetro; me asomé por la claraboya, no
vi nada, sólo se escuchaba el golpe de las
olas, el chasquido como un sollozo, qué extraño, qué ganas de hablar con alguien pero
me da flojera vestirme y subir al salón en
donde aún habrá gente bailando;

tampoco puedo leer con este zangoloteo
¿por qué no inventarán barcos que no se
muevan tanto como el *Churruca?* y si nos
pasara algo, con todo y telegrafía sin hilos
¿quién nos auxiliaría en medio del Golfo?

qué cosas tiene el mar, está loco, una noche en el infierno y al amanecer como un
plato, tranquilo, tranquilo, ni un ricito en
la superficie, qué se hicieron los olones noc-
turnos, y el capitán echa las máquinas a todo
vapor para seguir en este océano de aceite,
y sin embargo vamos como pulga en alqui-
trán aunque el buque, claro está, no es de
vela, qué extraño;

lo bueno es que ya vi a la españolita, los
viejos deben de ser sus padres, lindísima, cómo hacerme el encontradizo, mejor esperar
a que se rompa el hielo y se establezca la

camaradería que hay siempre en los barcos, aunque luego al bajar a tierra, plaf, se acabó y haz de cuenta que no nos hemos visto; qué extraño, o no tanto porque en un viaje nadie sabe nunca si llegará con vida, tal vez por eso, y entonces finge que nada le preocupa, se porta como si estuviera en un paseo;

magnífico: el que está hablando con ellos es el encargado del Casino Español en México, lo conocí la otra vez, me acerco, qué gusto de verlo, encantado señor, beso su mano señora, a sus pies señorita; y por la tarde

ya estamos en las sillas de extensión conversando, qué encanto de niña, con los padres al lado eso sí, menos mal que tuve la precaución de quitarme el anillo, ay si Cathy me viera cuando no estoy con ella, debe suponer que en los viajes me doy mis escapadas, los yanquis también son iguales, aunque tengan cuatro hijos como yo y otro en camino;

pobre Cathy, sola casi todo el año, cuando menos su madre está en Brooklyn, ya no vive en Buffalo, nunca me he llevado bien con mi suegra pero adora a los niños;

primera vez que Isabel viene a América

y puedo hablarle de Manhattan y el Niágara y el camino de fierro de Veracruz a la capital; su padre dirigirá una fábrica de tejidos en Puebla, no tiene miedo a la revolución, cree que habrá paz en México pero está preocupado por Cuba;

qué delicia Isabel, nació en Túnez, qué extraño, pensé que sería madrileña o andaluza, no, sus padres son catalanes; el mar reverberante, qué calor, me sonríe, no estoy bien vestido, pasan hombres con bombines cachuchas pecheras albeantes, la orquesta toca *Gaby Glides;* cómo suena el catalán, le pregunto; su rostro es la juventud, la perfección y toda la belleza del mundo, fragancia de agua de colonia, el aire empuja el cabello hasta su boca, me enseña algunas palabras:

oratge tempestad, *comiat* despedida, *matí* mañana, *nit* noche ¿cómo se dice esta noche hay baile? qué desesperación cenar con los noruegos, ella y yo nos lanzamos miradas, pero al fin Isabel en mis brazos, los viejos sólo nos dejan bailar valses, no tango;

segunda noche, *nit,* de no dormir; pienso en ella que seguramente estará pensando en el novio que dejó en Barcelona, es idiota sentir celos, cómo exigirle fidelidad a quien nunca pensó en conocerme; cuidado, no me vaya a enamorar de esta niña, qué diablos, siempre me pasa lo mismo, en vez de disfrutar del presente ya me entristece la nostalgia que por este ahora que no volverá he de sentir mañana;

nos despediremos, ella se irá a Puebla, me quedaré en Veracruz esperando, no nos veremos nunca o al volvernos a ver seremos otra vez desconocidos, qué triste;

pero estamos nuevamente en cubierta, el sol resplandece sobre el mar en perpetua calma, pasan a lo lejos otros vapores, llegamos a la popa, los padres vigilan sentados en el puente con el español del Casino;

y estás cerca de mí Isabel, tienes dieciocho años, mira, ya me arrugué, me salieron las canas, estoy perdiendo el pelo, siento que ya me pasó todo, en cambio tú apenas abres los ojos, tu vida aún por delante;

quisiera tomarle la mano, estrecharla, besarla, no sé; le digo mira, y sonríe: arrojan el pan que sobró de ayer, las gaviotas se precipitan a devorarlo, pelean por los trozos durísimos mojados en agua de mar ¿siempre van tras el barco? sí cuando hay tierra cerca y también tiburones lo siguen; pero si no tiran carne; cuando muere algún animal o se enferma, traen bueyes, cerdos, carneros, gallinas ¿ah sí? no sabía; los traen vivos, los matan allá abajo ¿de dónde crees que sale la carne que comes? ¿no quieres ver las calderas?

nunca voy a olvidar este día, como Fausto decirle al instante: detente, detente; no quiero volver a la calle 55, los domingos en Brooklyn, el *stew,* el pay de manzana, los niños peleando con sus primos, la Ferroquina, las píldoras, el tricófero, el talco, los almanaques, las cuentas, los cobros, las muestras, los fletes, Mr. Cunningham; quiero pasar la eternidad contigo, Isabel;

qué pronto, qué pronto ha llegado la noche, la última en el barco, y antes de que oscurezca le señalo una cumbre lejana, nevada: mira es el Citlaltépetl, el Pico de Orizaba, la montaña más alta de México, llegaremos a Veracruz en el alba;

fiesta de despedida, el baile de nuevo, ya el último; ven, déjame sentirte en mis brazos, el vals *Sobre las olas,* no tiene mucho repertorio la orquesta, ahora toca otra vez *La Paloma,* mi madre la cantaba en mi cuna;

la gente abandona el salón; Isabel, no te vayas, sus padres la llaman, quieren estar frescos para bajar a tierra; oficial ¿a qué horas fondeamos? a las seis si Dios quiere señor;

don Baltasar me tiende la mano: fue un placer conocerlo don Luis; el gusto fue mío; no, Isabel, nos despediremos mañana en el muelle; no, sus ojos no se humedecieron, fue una alucinación, ahora siento la sal, qué vergüenza;

pero no dormiré, beberé, camarero, otro más; que esto pase a mi edad es el colmo, estoy ebrio ¿cuánto vino cuánto whisky he bebido? hace calor, tengo sueño, ya se verán las luces de Veracruz, aún no, sólo el faro, los faros, las islas;

me cambiaré de ropa, dormiré, la delicia de hundirse en la cama; ven ven conmigo Isabel, no te vayas; dormiré, lentamente me duermo, estoy dormido, sueño algo que no podré recordar, ya no sueño, ahora despierto, bruscamente despierto, quién llama, voy, Isabel, no es posible, oigo gritos carreras lamentos ¿qué pasa, por qué viene sola Isabel?

mientras abro la puerta me dice: no sabes no sabes, es horrible ¿qué pasa? y ahora ella pregunta ¿cuándo salimos de La Habana? respondo: el 20 de mayo de 1912 ¿y sabes qué día es hoy? 23, 24, no sé;

no no es, me contesta llorando: es el 30 de junio de 1982, algo pasó, tardamos en llegar setenta años, no puedes imaginarte todo lo que ha ocurrido en el mundo, no lo podrás creer nunca, asómate por la claraboya, dime si reconoces algo, mira hacia el muelle, hasta la gente es por completo distinta, no nos dejan bajar, están enloquecidos, dicen que es un barco fantasma, el *Churruca* de la Compañía Trasatlántica Española desapareció al salir de La Hábana en 1912, tú y yo y todos los de aquí sabemos que no es cierto; pero cuando bajemos ¿qué ocurrirá, Dios mío, cómo pudo pasar lo que nos pasó, cómo vamos a vivir en el mundo que ya es otro mundo?

ÍNDICE

EL PRINCIPIO DEL PLACER
9

LA ZARPA
67

LA FIESTA BRAVA
77

LANGERHAUS
115

TENGA PARA QUE SE ENTRETENGA
131

CUANDO SALÍ DE LA HABANA,
VÁLGAME DIOS
151

IMPRESO Y HECHO EN MÉXICO
PRINTED AND MADE IN MEXICO
IMPRESO EN LOS TALLERES DE
NATIONAL PRINT, S.A.
SAN ANDRÉS ATOTO No. 12
NAUCALPAN DE JUÁREZ EDO. DE MÉXICO

EDICIÓN DE 2000 EJEMPLARES
ENERO DE 1991